THE HERO OF CANNIBALISM
01.同類相食的勇者
ILLUST.米白粕
只有
我知道屍人
拯救了世界
Only I know
the Ghoul saved the world
Presented by Myojin Katou
and Kasu Komeshiro

只有我知道屍人拯救了世界

Only I know the Ghoul saved the world

THE HERO OF CANNIBALISM

01.同類相食的勇者

CONTENTS

【序章】霧之迷宮與徬徨的屍人

Only I know the Ghoul saved the world

——恐懼令身軀顫抖。
——不安令牙齒打顫。
——寄宿於心中的勇氣燈火實在過於孱弱。
——然而，即使如此，依舊搖晃有如風一吹就會倒的細瘦身軀，朝前方邁進。
——不論那副姿態有多麼不堪入目。
——我也只能這樣做。

萬里無雲的晴天看起來隱約帶著灰色。

如今的世道正是暗黑時代。永恆宗教戰爭的盡頭迎來了黃金期，卻也只維持了一百年就告終，此時此刻純白色暗闇支配著整個世界的大地。

「混沌之霧」——在新星曆一百年突然發生的它，令凡人憎恨，聖者悲嘆，賢者畏懼。然而…………唯有愚者用眩目眼神持續凝視著它。

如今，馬車行駛在平原上，坐在裡面的乘客正是名為冒險者的愚者。

「哇塞，真的假的！」

「我就覺得妳們不是普通人，想不到居然是修學院（academy）的畢業生。」

有著一頭倒豎棕髮這個特徵的少年是拉斯卡魯，坐在他對面用重裝鎧甲覆蓋全身的少年是托爾金。坐在對面的藍髮少女莉妮亞一邊沐浴著他們的敬畏目光，一邊挺起發育良好的胸部說道：

「哼哼～！能跟我們組隊，要一輩子感激這份幸運唷！」

拉斯卡魯與托爾金一邊讚美她，一邊將放鬆的臉龐轉向窗邊。

那兒坐著一名白髮少女……她全身喀噠喀噠地發著抖。

「愛莉絲閣下，已經不用這麼害怕了，因為吾等有值得依靠的同伴。」

「是、是是，是這樣，呢。」

愛莉絲依舊害怕著，拉斯卡魯跟托爾金只是對她聳了聳肩。但另一方面，賽西爾卻浮現柔和微笑向她搭話。

「怯懦也不是壞事，不如說我覺得對冒險者來說是很重要的才能。特別是對我們這種剛登錄的新人而言吶。」

少女對他的溫柔報以感激之意……在那之前。

「馬上就要進入霧中了，戴上口罩做好準備吧，年輕人們。」

車內響起車夫的聲音，同時打斷溫馨的閒談。

在霧中探索時，每個冒險者都會戴口罩。

據信浸泡榴橙果汁後再乾燥的它，能夠阻絕「混沌之霧」帶來的所有危害……特別是能夠預防讓人變成「魔物」的「青眼病」。

然後，所有人都確認好武具裝態沒問題的那個瞬間，馬車停止前進了。

「別死啊，年輕人們。」對下車的少年們簡短地如此告知後，車夫駕著馬車離去。

被留在原地後，愛莉絲等人有好一陣子動彈不得。

接下來要踏入的場所等同於絕境，這種確信給予眾人畏懼。

特別是愛莉絲，侵蝕她內心的恐懼極其駭人，她在不知不覺中獻上禱告。

「聖、聖者歐格斯，大人……請、請務必，守護我們……」

眼前就是迷宮入口，愛莉絲露出無比膽怯的模樣。對同伴們而言，她的身影就像映照出自身模樣的鏡子似的。特別是拉斯卡魯，對雖然只有一瞬間、卻仍是被恐懼支配的自己感到羞愧。

「害怕啥啊！妳不是還有同伴嗎！」

「嗯，吾等並非孤身立於險地，而是與可靠的同伴並肩而戰。」

這句話令愛莉絲感到心安……但另一方面卻也讓她對自己的膽小感到羞恥。

自己總有一天要站在**他**身邊。為了實現這種心願，必須要有勇氣才行。

愛莉絲拚命鼓舞自己，一邊編織話語。

「我不會，拖累大家的……！絕不會……！」

她的志氣讓眾人報以溫和笑容，然後──

「好，那麼從現在起，就踏出開創傳說的第一步吧。」

五名少年少女，如今深入絕境。

濃霧飄散中，眾人在大道中行進。是受到周圍飄來的邪氣影響嗎？拉斯卡魯與托爾金，以及愛莉絲臉頰浮現冷汗。

──就在此時，對面的街角突然緩緩爬出某物。

「是融解人（slime）嗎？對初戰來說剛剛好呢。」

映照在五人眼中的那個東西，是有著水溝色的肉塊。

那是皮膚跟肌肉融成一團，有如肉凍般硬化的姿態。肉塊有如毛毛蟲般在地面爬行，其中心處有一顆男性頭顱。

「要、要遲、要遲到，了……」

那東西喃喃低語，一邊持續著沉重的步伐。

「愛莉絲，拉斯卡魯，托爾金！人家的天才！好好看仔細吧！」

莉妮亞激動地如此說道，一邊向前踏出一步，用力伸出右掌。

「向吾索求吧！如此便以雷火擊滅汝之敵人，賜予安寧與安息！」

釋出銳利文言的下個瞬間，張開的右掌迸發紫電，直擊融解人。

「要、遲、到，了。」

發出慘嚎後，融解人更加黏呼呼地融解，變成腐敗的肉汁。

其中心有一顆閃閃發亮的寶珠。莉妮亞小跑步接近那邊，將它拾起。

「感覺的確很平凡呢，變成『魔物』前是普通的大叔吧。」

「生證石」——那是「魔物」失去生命，**暫時**得到解放後殘留在原地的東西。是冒險者主要的收入來源。

「……真驚人呢，想不到居然是『神祕』的使用者吶……」

「吾輩對操作『聖源』也有一些心得，但『神祕』的話就算是吾輩也……」

「聖源」——是只會賜給庫托爾教信徒的主之恩惠。

它是在體內來回奔流的神奇力量流動，是舊時代當時的大賢者歐格斯帶來的事物。他成功與坐鎮於異界的神交流，成為人類史上最初的異能者，然後創立了庫托爾教。其信徒們也受到坐鎮在異界的神明庇護，進而獲得「聖源」。在他們的鑽研下，操縱「聖源」的技法在不久後成形，其戰力也因此極大化。

「神祕」在這些招式中也是特別的力量，因此使用者很稀有，然而——

「順帶一提，我姑且也算是『神祕』的使用者。哎，雖然沒莉妮亞那麼厲害就是了。」

「真的假的啊！『神祕』的使用者居然有兩人！」

「這次的冒險真的運氣很好吶。」

站在入口時的那種壓力不曉得飛去哪裡了，拉斯卡魯與托爾金整個人都鬆懈下來了。

「今天一天能賺多少錢呢～！」

「將初期配給的武具一口氣換成高級武具也並非不可能吶？」

不安消退，樂觀心態支配心靈。就在此時此刻。

「吾輩要用這次的報酬更加強化防——」

就在托爾金說話的途中。

「——禦呀！」

此事發生得實在過於突然，正因如此，不論是誰都沒能瞬間理解現況。

然而，不久後大家的心都緩慢且確實地接受現實，並且細細咀嚼嚥下。

也就是——以駭人力道投擲出來的石子，將托爾金以頭盔覆蓋的頭部撕裂的事實。

「托爾，金……？」

拉斯卡魯口中漏出茫然的聲音，在那之後——

「肉，肉肉，肉，肉，肉肉肉肉肉。」

「孩，孩孩，孩孩孩孩孩子子子子！」

此時，隱藏在濃霧面紗下的真相揭露了。

從東西南北全方位都能確認到發出青藍光芒的小點。

創造出這幅光景的是無數「魔物」，眾人同時如此判斷後——

「快逃！」

賽西爾的怒吼成為宣告慘劇揭幕的炮聲。

——勇氣。它是人類擁有的最大武器，面對名為恐懼的宿敵時，它也是最後的殺手鐧。在迷宮裡，冒險者應該要依靠的事物也總是它。

知識與技術只是其次之物，說到底只不過是心靈的道具。就是因為弄錯了順序，賽西爾與莉妮亞這兩名天才才只能像無頭蒼蠅般四處逃竄。

他們的心如今亂成一片，無法指望兩人能發動「神祕」。

操縱「聖源」時，精神狀態需要保持平靜。所謂的詠唱，只不過是為了轉換心情達到這個目的的一種技術罷了。在做不到這件事的前提下，詠唱就等同於自言自語。

應該要讓他們展翅高飛的知識與技術，已失去了做為雙翼的機能——

因此，如今不只是兩人，所有同伴都迎接著悽慘的下場。

「出口馬上就到了！請大家加油！」

身處絕境的愛莉絲大概也比任何人都還要受到恐懼支配著，即使如此，她仍是朝並肩奔馳的同伴如此喊話。

「不可以看後面唷！大家只要想著拚命奔跑就對了！」

沒有回應。就算沒被這樣說，眾人也只是死盯著前面奔跑著，就像要將目光從現實上面移開似的。

然而，不論他們的意志如何……駭人事物們依舊確實地逼向近處。

「孩，孩，孩，孩子，子子子子子子子子子子子子子！」

「肉，肉，肉，偶爾，偶爾，偶爾也，想要，吃，吃肉肉肉肉肉。」

犬人(kobold)。在霧的魔力侵犯下，淪落而成的姿態正是這個。

牠們一邊流口水一邊猙獰地奔跑，是透過背部感受到那股壓力嗎？

莉妮亞的腳絆到粗糙地表的凹坑——跌倒了。

「呀啊!?」

蒼白臉龐釋放出尖銳慘叫。

「莉妮亞！」「莉妮亞小姐！」

賽西爾與愛莉絲兩人停下步伐，表現出救人的意志，然而另一方面。

「噫，噫，噫，噫……」

拉斯卡魯拋棄同伴發足狂奔，在最後——

「今、今天的，飯，是什麼啊？」

被小巷竄出的犬人拖倒，「呀」的一聲發出小聲悲鳴。

這就是他臨終的慘叫聲。

咀嚼聲咕滋咕滋地響起。在駭人音律之中，融入了少女的苦悶叫聲。

「救、救、救命，救命啊！賽西爾！」

過於強烈的恐懼令眼瞳因淚水而溼潤，莉妮亞有如要緊抓救命繩索般朝金髮少年伸出手。

可是，然而——兩人雙手互握的瞬間，終究還是沒能到來。

大群犬人如同濁流般群湧而上，包圍三名年輕的冒險者們。

「可、惡啊……！」

賽西爾長劍揮動，試圖斬殺敵人……卻沒有如願。

愛莉絲也被拉倒，變得不能動彈。在這樣的兩人面前。

「……欸？」

硬物抵住莉妮亞的下腹部，那是犬人挺立的男性器。

「不、不要……不要啊啊啊啊啊啊啊啊啊啊啊啊！」

她胡亂掙扎，卻不敵非人者的力氣。犬人毫不在意，伸手繞向莉妮亞的下半身，將她穿著的藍色褲子連同純白內褲一同撕裂。

「嗚啊!?」

她品嘗到失去的心痛，以及破處的身體痛苦，然而犬人對這些事情卻是毫無興趣。

牠專心一致地扭腰，貪婪地滿足著獸欲。那東西的剛硬宛如鐵棒，有如要插穿她般激烈地動作著。

「咿呃，噫！咕啊！啊！咯！嘰咿！」

莉妮亞因劇痛而翻白眼，不斷輕聲發出悲鳴。

每次突刺，發育豐滿的乳房就會搖晃，是被這幅光景刺激到了嗎？犬人扭腰的動作每分每秒都變得更加激烈。

愛莉絲就在一旁深切地品嘗自己的無力感……

一邊凝視眼前的絕望光景。

將她推倒的犬人也一邊噴出腥臭氣息，一邊漲大男性器。

「喔，喔喔，喔喔喔喔喔喔喔。」

犬人覆蓋在愛莉絲身上，朝她的下腹部伸出爪子。下個瞬間，布料發出裂帛聲應聲破裂，高高挺立之物抵住裸露而出的祕部。

「救救我……」

她在腦海裡浮現救星的模樣，如此祈求，有如要嘲笑她這樣似的。

「想要，啊啊啊啊啊啊啊啊啊啊啊啊啊！」

腫脹硬物要侵犯愛莉絲——在那之前。

一發槍聲響徹周圍。

近似於爆裂聲的那道聲音，敲擊了在場所有存在的耳朵。就在那時。

拘束愛莉絲試圖侵犯的犬人，牠那顆貌似野獸的頭顱被轟飛了。

就在遺骸倒向這邊化為肉汁，弄髒愛莉絲全身之際。

一、二、三、四，新的槍聲響起，每次聲音響起，都會有犬人的頭部爆裂消失。

「那是……！」

在白霧中，身穿黑大衣的一名男人步行而來。

他一邊拖著殘缺的左腳，一邊搖晃吊在腰際的長劍與夾雜白髮的黑髮。

其左手緊握一柄短槍，筆直地。

「——放馬過來，**同族**啊。」

為了將利爪與尖牙插進闖入者的肉體裡，眾犬人一起襲向他。

即使面對此舉，男人依然沒有停止。

槍聲不絕於耳，僅僅過了一瞬間，多數犬人就化為腐汁了。

然而「魔物」絕不會膽怯，對同族之死也不會有任何想法。

活下來的三人殺向男人身邊，將牠們的爪與牙揮向他的肉體。

男人終究還是——沒有動。

凶物緊逼而來，男人卻連眉毛都不動一下，有如在誘敵似地迎接它們，然後。

揮動的利爪刺穿他的胸膛於右側腹。

完完全全就是致命傷，在這個時間點上就已經等同於確定會死亡了，然而非人者卻沒有停止行動。兩人先發動攻擊，最後一人以慢半拍的形式張開下顎。

「不、不不、不夠，啊啊啊啊啊啊啊啊啊啊啊啊！」

銳利犬齒狙擊的目標是脖子，只要咬斷它就能分出勝負……應該會變成這樣才對。

男人身負致命傷，應該只能等待死亡才對，卻不改一身冷靜氛圍。

他抬起右臂，擋下獠牙的一擊。

剎那間，刺耳聲音響起……犬人的利牙破碎四散。

「張開吧，獵頭之翼。」

此時他的右臂，在呼應簡短詠唱的形式下出現變化。

那事物在轉眼間不斷膨脹，突破黑大衣——顯露出真面目。

男人的右臂是用鐵打造的。

果不其然，在下個瞬間，漆黑鋼鐵從用來度過日常生活的利器，搖身一變成為猙獰的武裝。

帶有圓潤感的指尖變化為如同鋒利小刀般的鉤爪。

整條手臂膨脹，上面突出無數鉤狀利刃。

男人將紅眸轉向以利爪刺進側腹與胸膛的牠們。

「——消逝吧。」

他隨手揮動鐵臂，不過光是這個動作，就讓眼前的「魔物」全部化為腐敗肉汁，只留下散發鈍重光芒的「生證石」。

「居、居然如此輕易就將『魔物』的身軀……！」

「魔物」的肉體不是人類的力氣所能斬斷的事物，就算憑藉操作「聖源」的技術也很難辦到，賽西爾對此事有著深切的體悟。然而這名男人卻沒特別誇耀此事，只是態度平靜地拾起「生證石」將它收進口袋。

下個瞬間，這副姿態讓賽西爾第二次感到驚嘆。

「唔!?傷、傷口……!?」

刻劃在男人身上的創傷應該是會導致本人死亡的重傷，然而那些傷口卻在一眨眼間癒合，露出有如什麼事都沒發生過的慘白肌膚。

「……是聽到騷動聲了嗎？」

新一批犬人朝這邊過來了。

其數量比男人先前殲滅的那些犬人還要多出一倍。

「……結束了，已經完了。」

「不，沒事的。我們不會死，因為有那個人在。」

唯有一人，愛莉絲如此確信。相信這個狀況並非窮途末路。

而且在下個瞬間——證明此事的時刻到來了。

「女，人，啊啊啊啊啊啊啊啊啊啊啊啊啊啊！」

「醫、醫醫、醫生，生生，生啊啊啊啊啊！」

「好、好，難難、難受唔唔唔唔唔唔唔唔唔唔唔！」

眾非人者一起大喊，與大音量一同殺向這邊。

在數量上有著絕對優勢——然而，即使如此。

寄宿在男人紅眸裡那股打死不退的意志卻沒有絲毫動搖。

「吾以悲哀斬斷，以西結之刃，月天之慘劇，白央蝶之翅。」

朗聲編織出來的是，四節的詠唱。

果不其然，在魔物群眾逼近男人身邊之時。

「鋼武術式展開。第參魔裝：殺戮者的走牙（thrasher·bite）。」

鋼鐵手臂展現出進一步的變形。

其模樣簡直像是累積龐大利刃的一條大蛇。

它在下個瞬間，彷彿像是擁有獨立意志似地躍動——

發出低吼，橫掃男人的四周。

男人變形的右臂瞬間切割不三不四的雜魚，將牠們化為腐敗肉汁。即使如此，非人者群體也沒停下突擊的腳步，有如飛蛾撲火般散去性命——

悉數化為腐汁。

「——願汝等安息，永遠得到救贖。」

男人站立在大量腐汁與光輝石子之中，一邊肅穆地如此說道，然後在虛空中描繪出外形獨特的四邊形，那副姿態簡直像是慈悲為懷的聖職者似的。

賽西爾一邊凝視這樣的男人，一邊說出一句話。

「……真是亂來。」

賽西爾雙眼瞪大之際，來到他心中的是怎樣的情感呢？

男人沒去深思這件事，抬頭仰望天際……

他身軀一軟失去平衡。

然後男人用搖搖晃晃的步伐，拖著單腳接近那邊。

接近還沒喪命的一名犬人。

恐怕是男人故意留下來的吧。

他——抑或是她的手腳被扯斷，處於動彈不得的狀態。

男人俯視趴伏在地的犬人——緩緩取下面具。

鋼鐵製面具隱藏的嘴部現形了。

那是有著精悍氣息的美貌，然而氣色卻蒼白到像是生了病似的，而且——

右側從嘴唇到臉頰處，像是被刮掉般失去了皮膚與肌肉。

那副面貌簡直像是非人者……不對，並非簡直。

男人正是非人者。

是世上罕見、**擁有人心**的「魔物」。

這樣的他雙膝著地，緩緩張開嘴巴——

狠狠咬上趴伏在地的犬人的肩膀。

「噫……!?」

精神總算恢復正常的妮莉亞發出小小悲鳴。

捕食，男人的行為只能如此形容。

他咬斷犬人的肩肉、咀嚼、嚥下，然後吃掉胸部跟大腿，最後撕裂側腹的肌肉挖出臟器，發出咕滋聲響吞了下去。

「嗚……！」

面對過分悽慘的狀況，莉妮亞忍不住嘔吐了。

賽西爾也流著冷汗，皺起雙眉。

他說出吞食非人者的非人者之名。

「怪物吞食者，雷昂……！」

賽西爾與莉妮亞，兩者臉上都寄宿著不能再強烈的厭惡感。

然而——唯有愛莉絲，在惹人憐愛的臉龐上浮現閃閃發光的**笑容**。

「終於，見到面了。」

她的低喃溶入濃霧中後，雷昂立刻結束捕食，撿起「生證石」環視四周……

接著嘆了一口氣，對象是掉在地上的無數石頭嗎？

接著他再次用鋼鐵面具遮掩非人者的樣貌，朝愛莉絲等人瞥了一眼。

「要撿不撿，就隨便你們了。」

簡短如此告知後，雷昂拖著左腿緩緩消失在純白暗闇裡。

「那就是**第三代**的『救世』勇者……！雷昂・克羅斯哈特……！」

賽西爾有如咒罵般如此低喃。

在他眼中與臉上。

有著明確的畏懼與歧視。

「那種東西不是勇者……！而是駭人的怪物不是嗎……！」

賽西爾牙關打顫全身顫慄，莉妮亞有如肯定賽西爾般報以沉默。另一方面，愛莉絲則是——

「不，不是的。」

她有如不允許他人異議般如此斷言，那兒沒有怯懦少女的面容。

一邊展現出少女與追尋對象重逢而感到欣喜的模樣，愛莉絲一邊開口。

「那個人不是怪物，那個人是——」

她在心中編織出後半段的話語。

她良久、良久地凝視屍人漸漸消失的背影。

【EPISODE 1】孤獨的亡者與無依少女

Only I know the Ghoul saved the world

——不強大的話，就無法守護那時的回憶。

——不變強的話，就無法實現那天的誓言。

——所以，我殺掉了軟弱的自己。

聖都．優格斯蘭多。

雷昂．克羅斯哈特沒有九年前的記憶，因此對他而言這裡也等同於故鄉。

三更半夜，屍人獨自走在聖都裡，那副姿態簡直就像破抹布似的。

穿在身上的黑大衣刻劃著激戰痕跡，亂糟糟的頭髮因乾掉的血液而骯髒不堪。

拖著殘缺的左腿……義肢走路的模樣實在令人心痛。

然而，路上的行人絕不會憐憫雷昂。

有人立刻錯開視線，有人明顯表示侮蔑，有人在背裡指指點點，然後——

有人從頭頂潑水。

一名女子從公寓二樓的窗口朝雷昂潑水，接著朝他吐口水後說了一句話。

「去死吧，怪物！」

——在那之後又過了一會兒，屍人抵達住處。

這裡是一棟真的很大的宅邸，是留給他為數不多的遺產。

「……我回來了。」他在玄關入口如此低喃，根本沒有半個人做出回應。

然而在雷昂的紅眸之中，卻鉅細靡遺地映照出昔日一同生活的**兩人**的身影。

雷昂從這種幻影的身邊通過，走向自己位於二樓的房間。

然後，他立刻倒向床鋪。

「再過一些日子就是第四年了嗎？」

在那天，一切從掌心掉落，自己的世界也變成地獄，打從那天起已經過了四年。

「……我沒資格得到原諒。不過，即使如此，如果能實現的話，我——」

雷昂沒把後面的話說出口，而是閉上眼瞼，為了逃避痛苦的現實。

◇

◆

◇

這個男人的人生，是從零開始的。

記憶，存在意義，社會地位，手中空無一物。

男人對自身的現況感到無比恐懼，正是因為如此，他渴求著一切。

……如今，他覺得過去的自己實在愚不可及。

有保持一無所有就好了，自己應該孑然一身地從世上消失才對。

如此一來……就用不著品嘗這種心情了。

「想要得到自身追尋之物，就只能找出自己的道路然後向前進。」

如同地獄般孑然一身的世界裡，男人…………我與兩人相遇了。

「我會把道路指示給你看，要如何走在上面就要看你自己了。」

第二代「救世」勇者——庫蕾雅‧雷多哈特。

是我的師父，我的母親，我的存在意思，以及我的…………我的，一切。

然而，這種存在並不一定是絕無僅有。

「別擔心，我們會保護你的。」

萊因哈特‧克羅斯萊，是我的小小師兄，是比任何事物都重要的家人之一。

我曾想過要與這傢伙一起活下去，曾希望自己能夠成為這傢伙的手足。

然而——

「全部，都是，我害的……」

那一天，一切消失，全部都變不見了。

「雷昂……萊那……我，對你們……」

眼前的那個人，漸漸遠去。

「欸，夥伴，拜託你了。下次見面時，到那個時候——」

眼前的那傢伙，漸漸遠去。

我放聲大喊，明知只是徒勞無功，卻還是伸出手大叫。

等一下，別走啊。

別讓我——

「別讓我獨自一人……！」

◇　◆　◇

沒有不會結束的夢，不論那是怎樣的夢。

「別讓我獨自一人？……真荒謬，明明一切都是自己親手毀去的。」

屍人閉上嘴巴，有如逃避似地將意識轉向吵醒自己的那個原因。

雷昂的耳朵，連遠處細針掉落的聲音都不會聽漏。

這種非人般的聽覺告知有入侵者存在。

「……真是愚蠢之徒。保險箱在一樓，拿著它離開不就好了嗎？」

入侵者走上二樓，距離抵達這個房間還剩下五步、四步、三步、兩步、一步——

接著，門被打開了。在那個瞬間，雷昂目睹了入侵者的樣貌，並且感到訝異。

「啊……！您、您在這裡呢……！」

那是一名年輕的少女。她有著一頭及腰白髮，沒有曲線的身軀，大大的深綠色眼瞳，相貌端整，稱得上是一名美少女，與盜賊的印象相去甚遠。

「妳是……」

「啊，呃，我、我叫做愛莉絲·坎貝爾。」

「……是在修塞利亞迷宮被犬人們襲擊的眾人其中之一嗎？」

回答的瞬間，不知為何愛莉絲有如喪氣般低下頭。

「果然**不記得了呢**。」

從這種語氣判斷，除了迷宮那件事外似乎還有某種接觸點，但雷昂卻想不起來。

「我，對您——」

「我對妳的身世毫無興趣，立刻離開，別再讓我見到第二次面。」

聲音極其冰冷，要讓愛莉絲傷心可說是綽綽有餘。

然而即使如此，她仍然筆直地凝望屍人的臉龐。

「我是為了當您的弟子才來這裡的……！直到您點頭同意前，我都不打算離開這裡……！」

她的眼瞳裡寄宿著怒氣，就是那種責難任性雙親般的眼神。

「……我介紹其他勇者給妳，就這樣說定了。」

「我、我想要成為您的弟子！非您不可！」

在那之後也進行了數次問答……卻真的很徒勞無功。

（這女孩都不聽別人說話的，就算繼續對話下去也只是原地踏步。）

（不過……要拎著脖子把她扔出去，就算是我也於心不忍。）

話雖如此，也不能被對方的熱情折服。

讓弟子隨侍在側離譜至極。雷昂．克羅斯哈特決定自己要獨自活下去，並且孤零零地死去。這是無法違背的誓約，是不成文的規定，因此屍人下定決心。

（……手段雖然惡毒，卻也是無奈之舉。）

（不想對這種年紀尚幼的孩子使用暴力。）

雖然心中懷抱著迷惘與罪惡感，還有自我厭惡，雷昂仍是開了口。

為了欺騙眼前這名稚氣少女。

「……既然妳說到這個地步，我就給妳一個考驗，讓我試試妳是否配得上當我的徒弟。」

「收、收我，當徒弟……!?」

雷昂對愛莉絲點點頭後，她的純真美貌上寄宿喜色。

那副表情就像在說成為弟子一事已經定案似的……不過很遺憾，事情並不會變成這樣。

（只要給予足以讓心靈遭受挫折的痛苦，這個女孩就必然會離去吧。）

（……不應該把我身邊當成棲身之所。）

不論發生何事，都不能把人擺在自己身邊。

因為這名屍人誰也守護不了。

「今晚妳就使用這棟宅邸的空房間吧，如果妳要住旅館的話那就另當別論了。」

「沒、沒有！那我就不客氣地借住了！其、其實我啊，已經一文不名了呢……欸嘿嘿。」

無依少女與孤獨屍人(ghoul)短暫的同居生活，就這樣開始了——

——隔天早晨。

「請起床～～！早上了唷～～！」

少女清澈的聲音與金屬互相敲擊的喧鬧巨聲響徹室內。

這個不悅感就是原因嗎？雷昂下意識地回憶當時的早晨。

「起床了～～！天亮囉～～！」

「是打算要睡到進墳墓為止嗎～～!?因為是屍人嗎！開玩笑的啦！啊哈哈哈哈哈！」

師兄（萊因哈特）過於粗線條的聲音強硬地促使自己清醒，雷昂覺得好像回到了那樣的早晨。

正是因為如此，不悅感變得更加強烈。

「……吵死了。」

蘊含怒氣的聲音令愛莉絲全身一震。

「對、對對對、對不起……！可、可是，您完全不肯起床所以……」

「……話說回來，為何做這種事？我不記得有拜託妳這樣做。」

雷昂一邊嘆氣一邊撐起上半身，愛莉絲朝這樣的他露出僵硬微笑，一邊說道：

「我、我準備了早餐。我大大努力了一番，想說一定很好吃……！」

定睛一看，愛莉絲眼睛紅紅的，可以略微窺見她的疲倦感。

她一大早起床，花功夫做了餐點吧。

想被雷昂喜歡，想讓雷昂回頭注視自己——她眼中充滿這種好感。

……要說自己不開心的話，那就是騙人的了。不過，就是因為有這種感覺。

「我是屍人，不吃人類的餐點。」

雷昂朝她扔出拒絕話語。

「就我的立場而言，妳的親切只是多管閒事。別再替我做飯了。」

她連想都沒想過自己被說成這樣吧。

愛莉絲雖然生硬、卻確實很開朗的表情，漸漸染上悲嘆色彩。

「…………對不起，我多事了呢。」

她道歉後離去，眼瞳因淚水而溼潤。

心好痛，不過……這也是為了她好。

「我採取了正確的行動，並沒有錯。」

雷昂如此自我暗示，就像要讓自己不被罪惡感壓扁似的。

無法順心如意的自身現況，讓屍人深深嘆息。

——在那之後，確認愛莉絲吃完早餐後，雷昂向她搭話。

「全副武裝後跟我過來，要外出了。」

雷昂話剛出口，愛莉絲的嬌小身軀就倏地一震。

「哇啊啊啊啊啊……！」

簡直像是九死一生後產生的那種強烈的安心感。

「……那種反應是怎樣？」

「因、因為……！因為……！你對我搭話了……！」

愛莉絲如此說道，就像在說「沒被你討厭真是太好了」似的。

「剛才做了多餘之舉讓你不悅……所以我很不安……」

撫胸鬆一口氣的模樣令雷昂心痛。

剛才的對話不管怎麼思考，錯的人都是自己這邊才對，但這個女孩卻——

罪惡感變強的同時……這種感覺，以及愛莉絲望向這邊的視線也讓雷昂產生似曾相識的感覺。

只要再略微前進一步，就能喚醒遺忘的記憶吧。

如此一來，自己與她的關係就會明朗化……進而產生緣分。

為了避免這種情況，雷昂言歸正傳。

「……總之，在十分鐘內做好準備，不會等更久喔。」

「好、好的！」

即使被粗魯對待，愛莉絲仍不改她的忠實態度。

她小跑步前往自己房間，穿上整套裝備，然後朝玄關入口前進，雷昂就等在那邊。

離開宅邸後，兩人並肩而行，前往大街。

「那個，是要去迷宮嗎？是怎樣的地方呢？」

「不，要去的地方不是迷宮，而是公會。」

「欸？公、公會嗎？」

「嗯、嗯，說到冒險者的職務，很多人都會認為是探索迷宮，特別是你們這種新人吶。」

雷昂一邊望向愛莉絲——

「冒險者的職責，並不只是從迷宮帶回『生證石』或是『異變遺物』。」

霧不只對產生霧的土地帶來災厄，甚至會波及周遭的區域。

應付這些情況也是冒險者的職責。

「達成委託書的任務所能得到的報酬不多，也很難取得勇者的稱號。然而，與探索迷宮所伴隨的死亡率相比，接委託書的死亡率不到一半，因此新人應該腳踏實地地完成委託書的任務，累積經驗後再去探索迷宮才對，我是這樣認為的。正是因為如此……我決定這次要給妳的考驗，就用委託書來進行。」

「那、那個，也就是說……是在擔心我嗎……!?」
實際上正是如此，不過表示肯定的話會被對方親近，因此雷昂決定無視。
「那個，所謂的考驗，在迷宮也能做到吧……？」
「……算是吧。」
「不過，你會擔心我，所以選擇了安全的委託書任務……！好、好溫柔唷……！」
她擅自理解，自作主張地感動，那副姿態實在是沒救了。
自己撿了一個怪女孩回家，雷昂感到喪氣，但另一方面。
因雞毛蒜皮的小事一一感到欣喜的這名女孩，看起來也很可愛。
……正是因為如此，一想到她的下場就令雷昂心痛。
（只要曉得待在我身邊這件事會帶來何種痛苦，這個女孩一定也會……）
雷昂努力地不去對將來的離別抱持任何想法，一邊肅穆地走著路……抵達了目的地。
他開啟門扉，在愛莉絲的伴隨下踏入室內。今天公會裡也擠滿冒險者，人聲鼎沸，飄散著活絡氛圍與外面截然不同……然而在目睹屍人身影的瞬間。
本來很吵鬧的公會變得鴉雀無聲。
就雷昂的角度而論，這種情況一如往常，所以他並不介意。然而愛莉絲卻對突如其來的寂靜感到困惑，深綠色眼眸也在此時因不安而搖曳。

「……別停下腳步，跟我過來。」

雷昂拖著殘缺的左腿，朝貼著委託書的布告欄前進，在途中——

「嘖！居然露出那副討人厭的臉孔……！」

「快點消失吧，怪物(freak's)。」

同行朝這邊吐出厭惡與侮蔑情感。

然而雷昂並不在意，徹底乾枯的屍人心靈沒激起半片漣漪。

在**那場慘劇**後大約過了四年，雷昂一直是這樣想的，然而——

「請收回那些話。」

愛莉絲停下腳步，堂堂正正地放聲說道。

「……小姐，妳剛才說了什麼？」

「我、我說，把話收回去！那、人，才不是什麼，怪物呢！」

那是讓人感受到「唯有此事絕不讓步」這種強烈情感的聲音。

「……多此一舉。」

低喃聲中摻雜了嘆息，雷昂感到裡面有著**自嘲**之意。

自從四年前發生慘劇後，就一直沒人袒護自己。

而這種人就在眼前，雖然只有一點點，仍是令雷昂感到欣喜，這樣想的自己真的很噁心。

總而言之，這裡只能插手了。

雷昂準備投身介入巨漢與愛莉絲之間——就在那個瞬間。

「很有膽量嘛，我很欣賞妳喔，小姐。」

粗野聲音迴響在公會裡。

那是一名巨軀直達天花板、滿臉傷痕相貌凶惡的大漢。與愛莉絲對峙的對手也是身形壯碩……然而那個男人卻有著一副連他看起來都像是小孩的軀體。

「猛、『猛禽』威爾哥……！」

正對著愛莉絲發飆的巨漢額頭浮現冷汗，人也縮了起來。

威爾哥・薩巴吉——是以聖都為據點的勇者之一，也是以「猛禽」之名為眾人知悉的老練冒險者。對雷昂而言，從很久以前他就已經是熟人了，然而……

雷昂刻意不發一語，走向公布欄。將貼在那兒的數張委託書看過一輪後——

「這次選這個比較適合吶。」

撕下一張委託書後，雷昂帶著它走向櫃檯，然後在委託書上簽名。如此一來，在這裡已無事可做了。

雷昂帶著愛莉絲離開公會，就在他接近出入口的那個時候。

「等等吶，小姐。」

「噫!?有、有有有、有什麼事嗎……!?」

「最好別站在那傢伙身邊唷，對妳沒好處的。」

男人話剛說完，愛莉絲就停止顫抖。

「你也對他……！」

「別誤會吶，小姐。我只是提出忠告而已。」

「忠告？」愛莉絲歪頭露出困惑表情。朝她點點頭後，威爾哥說出兩人的名字。

「庫蕾雅·雷多哈特，萊因哈特·克羅斯萊。這個名字就算是妳也曉得吧？」

第二代「救世」勇者——庫蕾雅·雷多哈特，以及她的大徒弟，被視為未來繼承者的男人——萊因哈特·克羅斯萊，外號光輝的萊因哈特。

雷昂朝提及這些名字的舊友送出銳利目光……然而卻什麼事都沒發生。

「四年前發生的聖靈祭慘劇中，那些傢伙在那兒喪命了。沒錯……小姐，就是站在妳旁邊的**那個男人一手造成的**。」

「……說到底這只是謠言吧？」

「嗯、嗯，是吶。完全沒有證據表明是雷昂殺掉他們的。然而……世人卻認為那起慘劇是醜惡屍人因私心私利所引發的吶。畢竟那些傢伙死掉後，雷昂是唯一的受益者呢。」

不論他人怎麼說，心都不會動搖。因為愛莉絲並不相信這種事。
是察覺到了這件事吧，威爾哥將嘴唇扭曲成苦笑的形狀。
「我也不信唷。不論是出自何種動機，那傢伙都不可能殺死他們兩人。不過吶……我想說的並非雷昂是不是犯人，而是那傢伙所擁有的、存在的本質吶，小姐。我想表達的是，小姐妳跟那傢伙是徹頭徹尾地合不來唷。」
語氣中雖然略帶苦澀之意，威爾哥仍是毫不猶豫地說出後半段的話語。
「希望自己幸福的話，最好從那傢伙身邊離去。那傢伙啊，可是死神唷。」
威爾哥如此述說。他表示如果待在雷昂身邊，不論是何方神聖都會遭遇不幸。
「我是不在乎啦，不管會迎接何種死法，我都不會後悔與這傢伙（雷昂）扯上關係。不過……小姐妳又如何呢？如果那個瞬間到來的話，妳能不要後悔嗎？」
威爾哥看穿了一切，看穿愛莉絲的目的是為了自身的幸福與自我救贖。
然而，即使如此她仍是——
「我、我不要……！只、只有他身邊……才是我的，棲身之所……！」
威爾哥對這個回應露出笑容，雷昂則是在心裡露出不悅表情。
（也太過執著了，這簡直就像是……）
對面的巨漢似乎也抱持著相同的想法。
威爾哥粗大嘴脣浮現的笑容轉向屍人，然後說出一句話。

「欸我說雷昂吶，某處的某位仁兄也是這種感覺呢。」

「………哼。」

屍人將臉轉向一旁。

朝屍人「哇哈哈」地送出豪氣笑聲後，他再次轉向愛莉絲。

「哎，好好保重吧，小姐。改變心意的話，就過來我這邊囉。」

有如在表示話題結束般，碩大背部轉向這邊。

雷昂也有如回應此舉般，再次邁開步伐離開公會。

在這樣的他身邊，愛莉絲雖然感到遲疑，卻仍是不由自主地問道：

「是騙人的吧？剛才說的事情。居然說你對過去的同伴下手，這謊言真是過分呢。」

「……威爾哥述說的內容並非虛言，關於那件事有九成九與世人的認知是一樣的。四年前人們在享受聖靈祭時，大群『魔物』突然出現，牠們動手進行的虐殺都是我一手促成的。」

雷昂的話語是謊言，而且也是真相。

襲向優格斯蘭多的悲劇，以及民眾的悲哀，這一切的一切全部都是。

「是我幹的，我毀掉了一切，而且──」

雷昂做出告白，說出自己犯下的最大罪行。

「——把師父跟萊那殺掉的人，就是我。」

◇◆◇

與愛莉絲一同坐上馬車後……如今雷昂正在旅途的半路上。

「啊！請、請快看！有馬兒耶！野生的馬兒！」

打從剛才愛莉絲就一直指著窗外大叫，她覺得自己很貼心，不讓雷昂感到無聊吧。然而應該說是可悲嗎？對當事人而言這只能說是多管閒事。

「……妳能安靜下來嗎？」

「嗚，對、對不起。不過也沒有其他乘客在嘛……」

「我不是說會給別人帶來困擾，而是我覺得很煩。」

「欸！那、那個，我是想說該不會啦……我妙語如珠的閒談讓你感到不悅了嗎？」

哪裡是妙語如珠的閒談啊……雷昂甚至無心如此吐槽，只是聳了聳肩。他的這副模樣令愛莉絲露出複雜表情，一邊喃喃低語。

「真的變得不會笑了呢。」

「屍人不會改變表情，所以也不曾笑過。」

「不是的，我指的不是這個。」

緩緩抬起臉龐後，愛莉絲一邊注視雷昂的紅眸一邊繼續說道：

「雖然只有一點點，但我曉得過去的你。當時的你與庫蕾雅大人還有萊因哈特先生並肩而行……而且一直是笑著的。」

是與自己這群人在過去有一面之緣嗎？雷昂如此心想，但另一方面。狀似暗雲的情緒在屍人心中激烈地打轉著。

而且回過神時，雷昂已經下意識地張開嘴……將那些情感狠狠摔在愛莉絲身上。

「不論我以前會笑或是現在變得不會笑，那又怎樣了？會對妳造成什麼壞處嗎？不會，沒有的事。這種事不可能發生。因為我的現況與妳毫不相關。」

話剛說完，雷昂就感到自我厭惡。

我是在做什麼啊，居然對童言童語生氣，再難看也要有個限度。

「……抱歉，我說得過分了。」

「不、不會的。我才是，對不起。說了像是會挖開舊傷的話。」

沉默的帷帳拉下，然而卻也只維持數瞬。愛莉絲立刻開口說道：

「我想這樣講雖然也會讓你不悅，不過還是容我說出口……我想讓你露出笑容，不想看你露出現在這種不斷哭泣著的模樣。」

「……屍人不會流淚，因此我，沒有哭。」

「不，你在哭，在心裡一直哭著……就像以前的我。」

即使不想惹惱雷昂，愛莉絲仍是如此說道。

將它當成接下來那番宣言的開場白。

「我想成為能夠治癒你心靈的存在，因為我希望你能露出笑容。所以……我要替你的心靈取回笑容，總有一天，一定會。」

◇　◆　◇

——卡爾那村是位於山間地帶、總人口數不足千人的農村。

那邊重視舊時代流傳下來的傳統，因此其生活形態與景觀極為古老。

只要放眼望向周圍的那片田園，就能看到村人們辛勤耕作的身影。

不論是誰都對外來者（雷昂與愛莉絲）表現出不悅感。

大人們臉上寄宿著村莊這個封閉環境特有的排外氣息。

然而另一方面，說到孩子們。

「欸欸欸，哥哥～，姊姊～」

「你們是冒險者吧？外面的事情講來聽聽嘛！」

他們臉上有著親切笑容。話雖如此，就算與他們交流也是白費功夫。

因此，雷昂無視了所有提問……然而說到愛莉絲。

「我就坦白說吧，這位先生就是『救世』的勇者大人！是為了拯救村子才不遠千里前來的！」

平常懦怯的她蕩然無存。與小孩子混在一起，似乎讓她呈現出心靈深處的開朗個性。對雷昂而言，這真的是很麻煩的狀況。

「姊姊妳們要去村長那邊嗎？」

「我們來帶路吧！做為交換，工作結束後說說外面的事——」

聲音中充滿期待感，就在孩子說得正起勁時。

「從那傢伙身邊離開！」

在田裡工作的一名大人如此怒吼，一邊氣憤地聳起雙肩走向這邊。

「父母沒教你們不要接近外來者嗎！如果被病傳染要怎麼辦!?」

村子遭到的損失大都是外人帶來的，這是住在村莊裡的大人特有的價值觀。

「為什麼要說這種過分的話啊！」

「明明是過來幫助我們的，為什麼要生氣呢!?」

孩子們的心總是潔白無瑕又美麗，然而……卻沒有足以貫徹其意志的力量。

「不准頂嘴！你們這些臭小鬼！給我滾去其他地方！」

孩子畢竟只是孩子，無法反抗大人的蠻橫不講理。

拳頭掉落至身邊男孩的頭上，在那個瞬間，他們就哭哭啼啼地跑開了。

「嘖……」

對雷昂與愛莉絲發出咂舌聲後，男村民也快步離去。

「……為何大人都不肯好好正視小孩呢？」

愛莉絲明白那個村民並不是憎恨孩子才使用暴力的，不如說正是為了保護他們才做出那種事。然而也正是因為如此，大人們的笨拙才悲哀吧。

「……過去師父曾言，愛情有時候會讓人發狂。」

再次步行後，兩人立刻目睹足以象徵此言的光景，所以停下了步伐。

那是蓋在路邊的一棟民宅。它朝周圍散發惡臭，四處都有破損。

不但被潑糞尿，還被丟石頭吧。動手的不是別人，就是同胞們。

「得病的人，與病患家人的待遇，不管在哪裡都一樣吶。」

變成「魔物」的病——「青眼病」，其發生原因與霧一樣全然不明，也沒有治療法。

「……一般認為，『青眼病』跟一般病症相同，是藉由人傳染給人的病。明明至今為止都沒有提出這種根據的說。」

有數不清的人可以忍受自己可能會變成非人者的不安，然而一想到重要之人或許也會變成這樣的話……人，就會被瘋狂侵蝕。

「不能想想辦法嗎？」

「讓眾人暫時停手是有可能的……不過我們離去後會變得如何呢？」

村民們十之八九會繼續迫害吧，而且對自己的行徑毫不懷疑。

「想要消除這種光景，就必須驅散濃霧，趕走『魔物』，找出克服疾病的方法才行……只不過，這種事情不可能做到就是了。」

這種希望在過去確實存在過。

如果師父（庫蕾雅）跟好友（萊因哈特）如今依然健在，就能拯救遭遇如此不幸的人們吧。

然而，希望已經喪失，永遠不會回來了。

眼前的這個悲劇，是我的罪孽。

雷昂垂著頭邁開步伐。在他身邊，愛莉絲毅然撂下話語。

「沒有什麼事是不可能的，你總有一天會拯救世界。」

話語中寄宿著強烈情緒，然而雷昂卻將它視為戲言，繼續向前邁進。

就這樣，兩人抵達了委託者村長的房子。

「跟委託書上記載的一樣，想請兩位幫忙驅離哥布林（goblin）……」

村長態度謙卑，眼中寄宿著討好神色。那是尋求救贖者特有的態度。

「最近這裡在後山的洞窟裡定居了許多哥布林吶……出門採野菜的人們都陸續被擄走了……」

他接著說出自己捨棄威嚴，擺出低姿態的緣由。

「我女兒在前陣子也被囚禁了……！請務必救出女兒！」

「我會妥善處理的。」

離開房子後，兩人立刻前往後山。在途中，雷昂對走在旁邊的愛莉絲丟出話語。

「正如我以前所說，新進冒險者不該探索迷宮，而是應該要達成委託書累積經驗才對。其理由就在於『魔物』們的性質，牠們可以分成兩個種類——」

「呃，是被霧變成的，還有得病變成的吧？」

「沒錯，前者是被霧吞噬的人類變異而成的，所以牠們智能低下，但另一方面力量卻很強大。後者是罹患『青眼病』變成『魔物』的存在，與被霧變成的相比，牠們的智能較高，另一方面力量卻很弱。而且霧變成的『魔物』不會離開住處半步，因此危害人類世界的『魔物』全部都是得病變成的。」

距離目的地洞窟僅剩下一小段路，在這種狀況中，雷昂不厭其煩地重複說道：

「我認為這次的工作自己挑了簡單的案子，不過如果妳陷入危機的話，就算要用生命交換我也會救妳的。不過……妳要把一件事銘記在心，我雖然會救妳，**卻不會守護妳**。」

「呃……救跟守護不是同一件事嗎？」

「不，不一樣。前者是為了達成繼承的使命，是自動進行的舉動。相對的，後者是在明確的自我意志下進行的行為。因此我……不會守護任何人。」

我沒有那種資格——打從失去一切的那天起，屍人就如此自我告誡著。

結束這種對話的同時，兩人抵達洞窟的前方。

「……要進去囉。」

「好、好滴！」

雖然雙腿喀噠喀噠地發著抖，愛莉絲仍是一腳踏進洞窟。隨即——

「那、那個，雷昂，先生？你突然這樣幹麼啊？」

雷昂躺在地上，以單耳貼在地面的形式。

「安靜，我會分神的。」

冷冷如此回應後，雷昂將所有神經集中至聽覺……捕捉在洞窟裡擴散的音波。

屍人沒有味覺，視覺觸覺還有嗅覺也不如常人。然而聽覺性能卻是人類所無法比較的，因此在洞窟這種聲音容易回響的空間裡能夠發揮出高度的探測能力。

「『魔物』數量三十八，生存者……七。」

「唔……！快、快點去救他們吧！」

「……嗯嗯，是吶。得前往**救贖**才行吶。」

石壁上裝著火把，其燈火照亮兩人前進的道路，可以清楚地看到深處。

「罹病而成的哥布林，其身體能力與不使用『聖源』操縱技術的成年男性相去不遠，而且五感也沒超越人類，在暗處什麼都看不見。」

因此，巢穴對牠們來說不如說是墓場。

沒過多久，確認到有三個哥布林站在轉角前方。

「妳待在這邊看。」

雷昂舉起握在左手的短槍（rifle），瞄準照亮眾哥布林視野的火把。

接著像是爆裂聲的聲音響徹四周，視野也同時變成一片黑暗色彩。

哥布林們慌張一片，死神接近牠們準備收割其性命。

距離勝負分曉為止大約是三秒。一切結束後，他俯視三人份的腐汁一邊說道：

「——願汝等安息，永遠得到救贖。」

獻上祈禱後，雷昂朝愛莉絲望了一眼，簡短地命令「跟過來」後再次邁開步伐。

這正是一條血路，雷昂以壓倒性的力量不停屠殺哥布林，此時她向雷昂問道：

「那、那個，我只是在旁觀看著行嗎……？這次的工作是要考驗我是否能當弟子吧？」

「嗯、嗯，不過這不是為了要看實技，而是要考驗妳的心。」

因此這次只要旁觀就行了——雷昂補上這句話，然而愛莉絲果然還是無法理解雷昂的意圖。看她這副模樣，雷昂開始覺得自己犯了錯。

就在雷昂品嘗著奇妙的焦躁感時，走在旁邊的愛莉絲突然開了口。

「話說回來，雷昂先生真的很強呢。跟我知道的屍人完全不同。」

「……嗯嗯，是吶。我跟其他屍人不一樣。沒有智能的同族被劃分至第四級，在一般認知裡頂多只在哥布林之上……不過，我是特別的。」

光就字義的話，這番話語是在自吹自擂，然而在話語內側的情感卻是——

除了自卑與自嘲外什麼都不是。

「能瞬間治癒致命傷的再生力，將人類肉體有如破抹布般撕裂的腕力，還有如同文字敘述般的非人聽力，我能用高度智慧操控這些技能……沒錯，我擁有做為強者的才能。然而……心卻腐化了這些能力。」

「心嗎？」

「嗯、嗯……過去的我很膽小，只能躲在師父跟師兄背後發抖。就是這種不堪入目的愚昧懦夫。」

講到這裡時，雷昂嘆了一口氣中斷話題。他不想繼續說下去挖穿過去的舊傷。

「話說回來，我說妳有點鬆懈喔，給我繃緊神經。」

「好、好的，對不起。可、可是……這裡有比你還要強大的『魔物』嗎？」

「冒險中沒有絕對，這次的工作也隱約散發著臭味。」

「唉，說到臭味，打從剛才就有一點臭吧？」

「……那些傢伙無一例外，會在巢穴裡進行**創作**，那個就是這股惡臭的原因吧。」

「創作嗎？是陷阱還是武器之類的東西嗎？」

「妳馬上就知道答案了，眼下重要的果然還是統率者的詳細情報。」

如果只是略為優秀的同種哥布林，那就不成問題，然而……

「對冒險者而言，情報是非常重要的要素之一。做為對手的『魔物』是何等存在，光是能掌握其強弱，工作的危險度就會出現很大的差別。」

「這麼一說，那兩人還活著時，你擔任的就是解析參謀（mentor）呢。」

「……嗯嗯，是吶。」

「具體地說，要如何知道對手的情報呢？」

「一般而言是以『魔物』的痕跡為基礎進行推測……有的手法會使用藥品檢測糞尿調查其主成分，藉此正確地掌握種族，再加上——」

有的人能藉由特異個性得知敵方的情報。

就在雷昂打算如此說下去之前。

「哇啊!?這、這個是什麼啊!?」

「……畫了壁畫嗎？用人類血液代替墨水。」

就算說得再好聽，也不能說它畫得很好。有如孩童在油畫布上隨意塗鴉般的那幅畫……

畫著兄妹和和睦睦手牽手的模樣。

「……一般而言，哥布林進行這種創作時，經常會使用自己的排泄物。人們認為這就像是貓狗劃定地盤般的行動。不過使用血液的話……那就不是劃定地盤，而是興趣之類的行為。喜好這種行為的代表性種族是——」

吸血人（vampire），腦海浮現這個名稱的瞬間。

回憶替他帶來激烈的怒火。

「雷、雷昂，先生？」

聲音中蘊含著害怕與困惑，屍人猛然一驚，之後他吐出一口氣取回平靜，接著說道：

「……要知道這幅壁畫的繪畫者情報，**使用力量**是最快的方式嗎？」

為了做確認，雷昂走近壁畫，然後。

「過一陣子我**都沒回來的話**，就搖搖我的身體。」

「欸？」這是什麼意思——愛莉絲用視線如此詢問，他卻加以無視觸碰壁畫。

就在那個瞬間——

某人的記憶流進屍人的腦海。

「父、父親在做什麼啊？」

「別礙事，艾倫。病是治不好的，既然如此，乾脆……由我這個父親殺掉才對吧。」

就像母親那樣，在淪落前。

父親如此說道。

「救救我，哥哥……」

我站在喀噠喀噠發著抖的妹妹面前。

「父親，之前有說過不是嗎……！說哥哥是守護妹妹的存在！」

「那傢伙已經不是人類了唷！」

兩人起了爭執，奪下小刀，亢奮，利刃的凶芒。

——紅色。

紅紅紅紅紅紅紅紅紅紅紅紅紅紅紅紅紅紅紅紅紅紅紅紅紅紅紅紅紅紅紅紅
紅紅紅紅紅紅紅。

映照在眼前的一切全是紅色。

「…………父，親。」

——在那個瞬間，流入腦海的記憶遠去，意識回歸現實。

「雷、雷昂，先生？」

「……之所以擔任解析參謀，就是因為我擁有特異個性。」

「特、特異個性嗎？」

「嗯、嗯，我可以讀取『魔物』的思念，藉此得知牠們被何種過去束縛，被何種情感所困。」

為何雷昂會擁有這種力量呢，因為他是紅眼「魔物」。

普通「魔物」是有著藍白色眼瞳的青眼。

相對的，擁有紅眸者則會被稱作紅眼。

他們是極少數的存在，擁有人心與異能。

而它們讓雷昂身為解析參謀的地位變成不可動搖之物。

「這幅壁畫的繪畫者原本是幼小的孩童，淪為『魔物』時懷抱著守護妹妹的情感。在實務上，這種對手經常會巨大化。」

愈是幼小的孩子，愈是會對高大之人產生憧憬。

因為對他們而言，碩大身材便是淺顯易懂的強大寫照。

「無法成為守護者的小孩，用血液進行創作的種族，從這些情報判斷……統率者的真面目很有可能是食人魔（ogre）。」

「食人魔嗎？不是高位哥布林（hobgoblin）？」

「一般而言會是這樣吧，群居『魔物』的統率者通常都是同種族的上位存在。話雖如此，什麼事都會有例外，這次的案件也是如此吧……不論如何，食人魔是第二級的『魔物』，其威脅等級遠在高位哥布林之上。」

「那、那還真是可怕。不過…………如果是雷昂先生的話，就贏得了吧？」

「……嗯嗯，我贏得了。」

屍人只有如此回應。

「……要繼續前進囉。」

兩人一邊維持最高水準的戒備，一邊朝目的地突進。

一路上真的很一帆風順。對小群哥布林發動偷襲，將牠們變成腐敗肉汁，再回收「生證石」。話題中的那個「魔物」甚至沒有存在過的氛圍……這一點令人起疑。

「果然很臭吶。」

「是呢……我的鼻子都快被燻掉了……」

自己說出的話語並非此意就是了。話雖如此，實際上飄散著的臭氣每走一步都會變得更加嚴重，對於擁有正常嗅覺的愛莉絲而言就像是拷問吧。

也就是說，這是接近目的地的證據——

接近到一定的距離後，此時雷昂停下腳步。

「妳在這邊等，在我叫妳前都絕對不准動。」

雷昂將她獨自留下，朝前方前進……來到空曠地區的同時，他如此低喃。

「雖然跟我希望的一樣，卻超出我的預料嗎？」

不能直接讓愛莉絲目睹這幅光景。不多加注意的話，**她的心會壞掉的**。雷昂先狙擊了火把，用暗闇面紗遮住四周，接著——

單方面地殲滅剛好在場的哥布林們後，他再次望向那幅光景，然後沉思。

「……拉下黑暗帷帳的現在，看起來稍微好了一些嗎？」

雷昂呼喚愛莉絲。果不其然，她走進的是一間寬敞的石室。是大自然創造出巨大空洞，哥布林們又動手改良過吧。愛莉絲朝那邊踏入一步，同時。

「————嗚！」

她一邊屏住呼吸，一邊瞪大雙眼。

會讓鼻子扭曲的惡臭，那是哥布林們的體味跟排泄物，而且還摻雜了一種氣味。

雖然如此思考，然而直到最後，愛莉絲都沒能察覺它的真面目。

會這樣也很正常。愛莉絲是一名健全的少女，不可能聞過這種東西。

充滿洞窟的惡臭元凶，最後一道氣味就是——哥布林們射出的**精液臭味**。

「…………嗚！」

散落一地的許多亡骸，它們全部都是人類女性。

所有人都被剝去衣物，赤身裸體著。

這樣的她們，身軀上並沒有手腳。

是哥布林們切下的。對牠們而言，那些東西一定只會礙事吧。

面對沒把人當成人類對待，只是將其看成道具的那股惡意……

愛莉絲不由得感到噁心想吐。

「嗚……！」

她忍不住嘔吐，全身顫抖，眼瞳因淚水而溼潤。

一邊看著愛莉絲令人心痛的模樣，雷昂一邊開了口。

「維爾哥說過吶，我是將不幸散布給周遭之人的存在。這句話並沒有錯。」

雷昂一邊肅穆地編織話語……一邊環視女人們。

「掉，我。」

一個女人發出孱弱聲音，那是她們全體的意見。

「殺掉，我。」

女人們的嗚咽聲在石室內回響，雷昂對這道也像是在祈求般的聲音點頭回應──

用子彈從地獄般的世界中解放了她們。

「……繼承『救世』之名的人，必須比誰都還要尊敬生命，拯救的性命必須比任何人都還要多才行。如此一來，就必定得投身於悲劇之中。」

只要妳待在我身邊，今後也會一直品嘗到這種痛苦。

理解這個事實後，妳還是能夠繼續站在我身邊嗎？

當然，這裡她會表示拒絕之意吧，雷昂如此確信。

如此一來，自己與她的關係就會──

「我不會離開的，絕不。」

──雷昂的身軀倏地一震。

他的臉上依舊浮現著虛無，然而在下個瞬間，從口中說出的話語卻滲出動搖情緒。

「無法，理解。」

為何會做出不離開的結論呢？歸納出這個結論的邏輯與情感，雷昂完全無法判讀。

「是看上我繼承的財產嗎？」

「那種東西我不需要。」

「我等於是沒有社會上的權力喔？」

「我對那種東西，不感興趣。」

既然如此，究竟是為什麼？過於出乎意料的結果讓雷昂完全停止思考。

然而——就在此時。

「嗚……啊……」

尖細苦悶聲傳來，那恐怕是位於遠處的最後一名生還者發出的聲音吧。

回過神時，雷昂已將給予對方救贖做為逃避的理由加以利用了。

「……前往生還者那邊吧。」

雷昂沒等徒弟回應，逕自邁開步伐，就像要脫離思緒迷宮似的。

愛莉絲宛如忠犬般走在他身邊，此時她開了口。

「那個，我有計算你打敗的對手數量……在剛才那個房間裡，是第三十七名對手。也就是說，我想這洞窟裡還有一個『魔物』。只剩下統率者而已吧？換言之，接下來我們要跟食人魔——」

「……不，從傳來耳中的聲音判斷，對方是哥布林吧。」

「欸？那、那麼食人魔在哪裡呢？」

「……包含這一點在內，打從剛才就有地方讓我感到不自然。首先我要問妳一個問題，當初在入口告知敵人數量時，妳不覺得奇怪嗎？」

「是、是的，我覺得數量有點少。」

「這個想法很正確。僅僅是三十八隻，這個數量實在是太少了。牠們如果群聚起來的話，至少也要預判會有兩百隻左右再採取行動才對，一般而言是這樣認為的。」

「不過，洞窟裡只有這數量的五分之一呢……是為什麼呢？」

「最常見的情況就是同類相食吧。『魔物』基本上不會同類相殘，但哥布林(goblin)卻是其中一個例外。在許多案例中，牠們會為了減少吃飯的人口而同室操戈，同類相食。不過……如果有強大的統率者在場，就不可能會這樣。」

「因為在同類相食前，統率者就會出面制止嗎？」

「沒錯，會成為群體統率者的『魔物』有很強烈的團結心，因此不會允許同伴之間發生鬥爭，總是會待在自己的地盤裡。」

「欸？可、可是如今洞窟裡沒有看起來像是統率者的『魔物』呢？」

「嗯、嗯，所以這次的工作臭得很。」

眾『魔物』數量過少，統率者不在自己應該要待著的場所。
這究竟表示著什麼呢？
雷昂一邊動腦思索，一邊走著路，最終與愛莉絲一同抵達巢穴最深處。
在那兒，兩人目擊了新的慘狀。
「啊，咯，嘰。」
「唔唏，嘻嘻嘻嘻嘻嘻，嘻嘻嘻嘻嘻。肉，肉，肉。」
在小小的石室裡，一個哥布林正扭著腰。
在那副矮軀下方，有著受害者的可悲身影。
「咕，嘰，啊！」
她發出悲鳴般的喘息聲，為了解放她，雷昂朝那邊接近……
「真是一頭熱呢，居然走到那麼近都沒察覺到。」
雷昂用右手拎起哥布林的後頸，將牠從女人身上剝下，接著摔向壁面。
哥布林沐浴在激烈衝擊下，其矮軀頓時四分五裂朝四處飛散，一命嗚呼。
「你們，是……冒險，者……？」
女人的心還沒壞掉嗎？眼神雖然空洞，聲音中卻殘存一點點力量。
「沒錯，受村長所託，前來討伐哥布林們。」
「村長……」

女人重複孱弱呼吸，一邊發出聲音，就像要絞盡最後一絲力氣似的。

「村子，有……危，險……幾天，前，**有人**，來，這裡……煽動，牠們……要牠們，挖洞……襲擊，村子……」

「妳說的人是誰？有看見長相嗎？」

「只能，聽見……聲，音……是非常美麗……有如天使般的，聲音……」

「……謝謝。託妳的福，謎團解開了。」

數量過少的哥布林，不在場的統率者，這些都是**某個存在**安排的。

雷昂望向最深處的石室，地上有一個隧道。

可以認定它的前方會通往卡爾那村，不會有誤。

「把判斷會礙手礙腳的拖油瓶留在巢穴裡，然後襲擊村莊……恐怕剛好跟我們擦身而過吧。」

「那、那麼，村子現在就──」

女人也想像了愛莉絲浮現在腦海裡的光景吧。

「拜，託了……！守護，我的，故鄉……！」

她一邊流淚一邊懇求。面對她的情感，雷昂毫無遲疑地回答：

「我一定會拯救村子，所以……妳就放心地睡吧。」

「謝，謝。」

收下道謝話語後，雷昂瞄準她的眉心……

又一道悲哀的靈魂升天了。

「……在這種時候，我總是對無力的自己感到憤怒。」

如果師父（庫蕾雅）在這裡的話，如果師兄（萊因哈特）在這裡的話。

這起事件一定會有完美的大團圓結局吧。

「背負『救世』稱號，行使虛偽的救贖。啊啊，真是過分的事吶。」

聲音乾渴至極，然而其心靈卻洋溢著熱度。

是察覺到此事嗎？愛莉絲的白皙臉龐也寄宿著熱情。

「就算沒有力量，也不會放棄完成使命。是這樣子，對吧？」

「嗯、嗯，這是繼承『救世』名號之人的責任。我絕不會逃避這個使命。」

雷昂如此斷言，一邊回想自己在洞窟裡動手解決的生命。

眾女身為人類的尊嚴遭受踐踏，只能仰賴死亡做為救贖。

「魔物」們失去還是人類時確實擁有過的尊貴心靈，失去控制。

「不再讓弱者悲傷，不再讓『魔物』犯下罪行。」

『救世』勇者就是為此而存在的。

屍人在心中點燃決心火焰，用力踢向地面。

◇　◆　◇

——雷昂的左腳是鐵製義肢，已經無法像昔日那樣奔馳了。

然而，卻能像石塊在水面彈跳直線前進般實現高速移動。

雷昂以駭人速度從山路下山，抵達山腳，順著這股氣勢朝村莊突進。

（應該把意識放在腳上才對，不過……果然還是在意到不行。）

（女人口中吐出了**某人**的情報。「魔物」群與煽動其頭目的那個存在，該不會是——）

腦海浮現某人的身影。那起慘劇後已經過了四年，雷昂一直在等待與對方重逢的瞬間。如果這起事件有那傢伙在背地操縱，而且又碰上對方的話，在那個時候。

（勝算不大……即使如此還是非討伐不可。）

（我就是為了這個目的才苟活至今的。）

雷昂懷抱著複雜情感持續踢擊地面，然後……抵達了慘叫悲鳴不絕於耳的地獄現場。

無數哥布林襲擊村民們，自衛團雖然試圖掃蕩，卻是寡不敵眾。

「不妙吶，這樣下去是會被擊潰的喔。」

「該、該怎麼做才……!?」

「哥布林是非常膽小的種族，只要擊斃族群領導者，牠們就會潰敗吧。」

雷昂發揮非人聽覺，特定出感覺像是目標「魔物」的位置。

「接下來我要前往西方，討伐統率者。妳在路上幫助村民，專心引導他們前往避難。戰鬥行動由我擔任，聽懂沒？」

「好、好的……！」簡短回答後，愛莉絲臉上出現強烈的恐懼神色。

然而，她心中卻有著覺悟。不論發生任何事都會跟隨他，能救多少人就要救多少人的那種徹頭徹尾的覺悟。

「……那股勇氣是打哪兒來啊。」

雖然在嘆息中投入複雜情緒，屍人(雷昂)仍是舉起左手握住的短槍……

老爺爺一屁股跌坐在地上，哥布林正要揮落斧頭，他為了拯救老爺爺而扣下扳機，銀彈撕裂虛空前進，精準地正中紅心貫穿哥布林的頭頂，將牠化為腐敗肉汁。

「老爺爺，走這邊！」

愛莉絲扶起老爺爺，將他引導至眾人前往的方向。在這個世道，不論是哪座村莊都有避難用的大倉庫。它蓋得很堅固，應該可以暫時抵擋「魔物」的襲擊吧。

只不過當第一級「魔物」來襲時，它一點意義都沒有吧……

話雖如此，目前還是無法確認到襲擊這座村莊的「魔物」中有這種程度的存在。

也就是說……**那傢伙**不在這裡。

「是察覺到我的存在而故意消失的嗎？還是說……」

雖然無法判斷那傢伙的意圖，不過如此一來該做的就只剩下一件事。

殺敵，救人，朝西方前進。

在這樣的路途盡頭處，雷昂與愛莉絲在某個村民的亡骸前方停下腳步。

是深信疾病是由外界傳入，正是因為如此才讓兩人沐浴在排外視線下……試圖守護村內孩童的那個男人。

他背上沒有傷痕，就算死了手中仍是緊握柴刀，整個人朝前方栽倒。

一定直到最後一刻，他仍是為了守護他人而勇敢地挺身而出吧。

（這就是我昔日應該要露出的死法。）

（犧牲自己的生命，保留應該要留下的人，為了編織出最佳的未來而成為墊腳石。）

（……絕不讓這股志氣白費。）

雷昂一邊感受壓力，一邊將視線望向亡骸的更前方。

「救，救命，啊……」

是用好奇目光望向雷昂與愛莉絲，親切地開口搭話的那四名少年少女們。

在他們眼前的是，有如體現黑夜暗闇般的漆黑巨軀。

確認到那個存在的同時，記憶再次流進腦海。

——想要變大，就跟以前在繪本上看到的英雄一樣。

想成為守護妹妹的巨漢。

「哥哥……我們接下來，會變成怎樣啊……」

「沒事的，因為我會保護妳。」

父親在紅色水窪裡變得一動也不動後，我帶著妹妹離開了故鄉。

那邊已經沒有容身之處了。

「去城鎮上吧，如果是那邊的話，一定能……」

他覺得能夠治好妹妹，他認為都市有小村莊所沒有的驚人知識與技術。

……然而。

「怎、怎麼這樣，不是說只要付錢就會治療嗎？」

「當然是騙人的啊。『青眼病』啊，一旦得病就玩完囉。」

城鎮對我們很冷漠，城鎮給我們的只有絕望。

我們被趕到山裡……然後，變得虛弱。

「哥哥……肚子，好餓……」

「等著，我馬上就去摘一些東西回來。」

在洞窟中，我只能看著妹妹一天天變小的模樣。

在這種日子裡，我也變得又瘦又小……正是因為這樣嗎？記憶頻繁地出現空白。

「啊，啊啊，啊……」

只要活著肚子就會餓，我總是感到飢餓，因為吃的東西幾乎都分給妹妹了。

「嗚，嘰，啊……」

不過那天不同，在不斷跳躍的記憶中，我肚子飽飽地吃了某物。

非常非常地好吃，感覺不像是這世上的東西似的。

「哥，哥……」

在曖昧的意識裡，我聽見妹妹孱弱的聲音。

然後——清醒時妹妹已經不在了。

以前吃過的無花果的甜味，在嘴裡擴散。

「在，哪，裡啊啊啊啊啊！」

我如此大吼，喊著妹妹的名字。

不過，沒有聲音回覆。

我，離開了那邊。

我踩過水窪，映照在鮮紅水面上的眼眸變成了青藍色。

跟妹妹的顏色一樣，我有些開心。不過，好寂寞。啊啊……

「——得去找妹妹才行。」

就在此時，流進腦海的記憶與現實光景疊合。

「雷昂先生！」

愛莉絲的叫聲敲擊耳朵。瞬間，屍人的肉體有如被電到般動了。

那是反射神經般的射擊。銀色子彈果然命中了前方即將要襲擊孩子們的漆黑巨軀……然而，它卻無法弄破闇色皮膚。

「嗚，啊，啊啊啊啊啊。」

巨大「魔物」一邊發出粗野吼聲，一邊緩緩望向這邊。

食人魔（ogre），就是牠如今的稱呼，是淪落而成的姿態。

哥哥為了守護妹妹而尋求力量，最終得到自己想要的軀體……同時也失去了她。

然而，牠卻連這件事都沒有察覺到。

「不、不，對嗚嗚嗚嗚嗚……！不是，妳，啊啊啊啊啊……！」

他至今仍在追尋著，追尋著妹妹的下落，卻永遠不可能找得到。

「你很悲哀，不過也就是因為這樣……我非討伐你不可。」

雷昂擺出架勢，在紅眸中映照出堅決意志。

「後、後援就交給我——」

「不行，妳不准出手。以妳的裝備連半道傷痕都弄不出來，擅自行動是會死的喔。」

因此雷昂沒要愛莉絲引導小孩們去避難，只叫她在旁邊觀戰。

話中有話如此暗示後，雷昂離開愛莉絲身邊——將銀色子彈擊入敵方的剛體。

然而，它沒能貫穿宛如山巖般的皮膚，命中的同時子彈被彈開了。

是對雷昂給予的**麻癢**感到不悅嗎？盈滿食人魔面容上的哀戚頓時化為憤怒。

「嗚啊啊啊啊啊啊啊啊啊啊啊啊啊啊啊啊！」

牠在瞬間縮短距離——揮出豪腕發出低吼，雷昂躍向後方避開這一擊。敵人的一擊雖然連邊都沒擦到，卻在屍人心中確實地刻下其威脅。

「……如果結結實實地命中，就會當場結束，嗎？」

雷昂感受到駭人重壓。此時此刻，待雷昂回過神時，他已經將手伸向**那邊**了。

吊在皮帶下的一柄劍——聖劍・卡利特＝凱利烏斯。

師父（庫蕾雅）昔日愛用的這柄劍，祕藏著足以屠滅特級「魔物」的力量。

然而，觸碰劍柄的瞬間，漆黑劍鞘就迸射紫電……彈開他的手。

聖劍・卡利特＝凱利烏斯裡寄宿著明確的自我意志，因此它會選擇使用者，甚至不會讓沒有資格的人觸碰它。

雷昂可以觸碰聖劍，卻無法做到更進一步的事情。觸碰劍柄的瞬間，卡利特＝凱利烏斯無一例外地會否定他的意志。

簡直像是在喝斥「別撒嬌，用自己的力量想辦法解決」似的。

「……嗯嗯，我會做給你看的吶。這次也會用自己的力量做到。」

指尖發顫，然而雷昂・克羅斯哈特卻不後退。

「放馬過來吧，同族啊。」

展露絕不退卻的意志後，在下個瞬間。

「庫蘿蘿蘿，蘿蘿蘿喔喔喔喔喔喔喔喔喔喔喔喔喔！」

食人魔來襲。

拳頭如同鐵鎚般揮落，雷昂躍向一旁躲開攻擊——接著閉上眼皮。

視野被暗闇覆蓋，視覺喪失。然而，這個舉動卻讓非人者的聽覺變得更加敏銳——

「庫蘿，蘿蘿，蘿蘿喔喔喔喔喔喔喔喔喔喔！」

雷昂將敵方釋出的所有聲音刻進自己的內側。

巨軀產生暴力聲響，產生令人恐懼的節奏。

屍人踢向大地，一邊躲開接連發出的無數攻擊，一邊深入理解發出的聲音。

當他這樣做後——祕藏在聲音中的真實開始傳入耳中。

「庫蘿喔喔喔喔喔喔喔喔『妳在哪裡？』喔喔喔喔喔喔喔！」

牠正在哭泣。

「蘿蘿，蘿蘿蘿蘿『跑去哪裡了？』蘿蘿蘿蘿蘿！」

在凶暴聲音與鼓動之中。

「庫蘿啊啊啊啊『我得』啊啊啊啊『守護才行』啊啊啊啊啊啊啊啊啊啊啊啊！」

隱藏著牠的悲哀。

「蘿喔啊啊啊『我得』啊啊啊啊『保護』啊啊啊啊『妹妹』啊啊啊啊啊啊！」

就這樣——在不曉得已經是第幾次的回避後，雷昂閉著眼皮，就這樣編織出話語。

「汝，於激情之末迎來靜寂，蒙主寵召。如此一來，汝之魂魄便會在福音下得到淨化，接著得到主的赦免吧。萬般罪行均會因主而染白——因此汝會得救。」

這是聖句中的一段說法，是獻給悲哀罪人的葬送禱詞。

然後，雷昂緩緩睜開眼皮，望向緊逼而來的食人魔。

「庫蘿蘿蘿蘿啊啊啊啊啊啊啊啊！」

食人魔仍是來回揮舞著豪腕，屍人朝牠瞇起雙眼。

「吾以悲嘆斬斷，阿波羅凱斯之拳，灼火的閃光，赤羅猿之眼。」

刹那間，鐵之右腕做出呼應，有如要覆蓋整隻手臂似地浮現幾何學圖案。

如今，祕藏在黑鋼裡的力量之一，在闇夜中顯現了。

「鋼武術式展開，第貳魔裝：炎天王的淨火（shinning·finger）。」

宛如要呼應編織出來的名諱似的，鐵義手變成液態，變形成另一個姿態。

果不其然，那是一根巨大的鐵樁。

被閃亮幾何學圖案覆蓋的它，是由無數圓環構成的——

在下個瞬間，它們一起回轉。在摩擦生熱而提高的溫度下，整根鐵樁開始染上灼熱色彩。

不久後超高溫產生熱浪，讓使用者的肌膚產生水泡，試圖灼燒血肉與骨頭。

非人者屍人的再生能力，正面對上這股威脅。

看到他的模樣，不管是誰都會這樣想吧，看起來簡直就像重複自殺似的。

雷昂義手祕藏的力量就是這個，就是這樣被造出來的。

藉由非人者之手，用來討伐非人者的自殺道具。

夾帶這股力量的現在。

「——貫穿吧。」

肌膚如同鋼鐵般漆黑，但超高熱卻輕而易舉地弄破它。

曾是少年的牠，因父親的鮮紅而失去棲身之所，而如今則是因屍人的赤紅而喪命。

「啊，啊……」

張大的血盆大嘴漏出聲音，食人魔果然流出血淚——

「庫蘿麗亞……」

牠命喪黃泉，全身緩緩溶解化為腐敗肉汁。

在大水窪中心處，有著一顆發出強烈光輝的「生證石」。

雷昂拾起那顆青藍色的石子……

「——願汝等安息，永遠得到救贖。」

他一邊祈禱，一邊如此心想。想著悲哀兄妹在異界樂土重逢，相視而笑的模樣。

「喔喔!?臭哥布林都逃走了耶！」

哥布林們都本能地察覺到統率者死亡了吧。

無數氣息急速遠離村莊。

「……結束了，嗎？」

雷昂身軀微微一晃。

寄宿於義手與義腳的力量雖然龐大無比，做為代價卻會激烈地消耗「聖源」。

屍人連站都站不住，單膝脆地。

「勇者哥哥！」

「沒事吧……？」

成功保護下來的孩子們露出擔心表情，一邊朝這邊走近。

就在雷昂打算講話回應他們的那個時候。

「唔！從右邊過來了！」

愛莉絲響起聲音的同時，小個子哥布林從一旁衝出發動奇襲。

然而，屍人卻沒將緊逼而來的殺意認定成威脅，不如說他——

「……看起來真好吃吶。」

哥布林單手握劍，立刻來到身旁，就在此時。

裸露的鋼鐵右臂轟然刺出，一把抓住對方的頭。

「嘰！咯，啊！」

果敢攻擊斬裂雷昂一部分的黑大衣，在蒼白肌膚上刻劃裂傷。

然而，他卻毫不在意流下的鮮血。

雷昂拿掉蓋在嘴上的鐵面具，猛然拉近抓在手中的獵物。

——雷昂・克羅斯哈特是人類，同時也是「魔物」。

也就是因為如此，無論他達成何等成就，在人世都只能受到厭惡。

村民們望向他的目光便是其證據。

「……這是啥啊？」

眾村民茫然地低喃，他們眼中映照著屍人貪婪地啃食哥布林身軀的模樣。

就算腹部遭到撕裂，親眼目睹自己的腸子被大口吞食，依舊無法死去。

牠從那張嘴巴不停發出苦悶叫聲，簡直像是在懇求「快點殺掉我」似的。

那副光景悽慘至極，連對牠們感到憎惡的村民都不由得心生同情。

「嗚……！」

有幾個人嘔吐了，屍人在這種情況下將獵物盡情飽食一番——就在他吃到三分之一的那個時候。

哥布林喪命，殘留的身軀化為腐敗肉汁。

「啊啊……真好吃……」

肉片從染成赤紅的嘴角掉落，他抬起臉龐。

屍人移動閃動妖異光彩的紅眸，望向年幼少女的身影。

是抵達村子後，向自己與愛莉絲搭話的眾孩童之一。

是被哥布林的奇襲嚇了一大跳吧，她一屁股跌坐在地上，喀噠喀噠地發著抖。

真可憐。

雷昂同情少女，緩步走近至她身邊伸出手。

這個舉動沒有惡意，屍人只是想扶起少女而已。

然而那副姿態。

對大人們而言理所當然會如此。

就連抵達這裡後總是對自己表現出好感的孩子們都一樣。

看起來就只是怪物要襲擊幼小少女的光景。

「住、住手啊！」

孩子們插入兩者之中。

雖然牙關喀噠作響，雙腳痙攣發抖，他們仍然狠狠瞪著雷昂。

「不、不准對亞多莉出手……！」

他們露出拚死也要拯救朋友的模樣，看到這種令人心痛的面貌，雷昂產生自嘲的念頭。

「……我是在幹麼啊。」

就算伸出手，也沒有任何人會開心。

誰也不會牽起非人者的手。

捕食後的異常情感，揮去了對這種現實的認知。

所以雷昂搞錯了。

想跟人共存的這種愚昧想法，微微探出了臉龐。

「……抱歉。」

向孩子們道歉後，雷昂離開現場。

投向他的情感，並非對英雄拯救村莊後表示的那種感激之情。

而是對新敵人感到的畏懼與憎惡。

雷昂一邊沐浴在這種漆黑色的情緒之中，一邊撿起掉落的面具掩去嘴巴。

「妳，還能……」

雷昂打算要努力地用平淡語調編織出話語。

然而。

「妳，還能……繼續站在我這種怪物身邊嗎？」

雷昂無法壓抑住從心靈裂痕漏出的情感。

是察覺到這一點了吧，愛莉絲浮現滿面笑容，一邊做出斷言。

「你不是怪物，而是救世英雄。」

沉穩笑容表示了她的意志。

屍人發出冷哼，拖著左腿走向她身邊。

「……要回去囉。」

「是的！」

兩人，並肩而行。

「這次的工作到頭來都是你一手包辦呢。不過，**下次**我絕對會幫上忙的。愛莉絲要加油！」

愛莉絲配合拖著腳步的雷昂，用緩慢步調前進著。

她一邊這樣做，一邊牽起屍人的手。

牽起沾滿鮮血的手。

牽起每個人都拒絕的手。

「……很髒喔。」

「我不介意。」

雷昂沒有甩開握住自己的手。

他沒能甩開。

愛莉絲把這個舉動視為肯定之意吧，而且同時也是……合格的證明。

「從今天起就請多多指教囉——**師父**。」

雷昂沒能否定甜美微笑與那句話語。

雷昂不打算同意收她為徒，原本應該要這樣拒絕才對。

明明不能跟任何人建立關係的說，即使如此雷昂仍是。

「……蠢材。」

這究竟是在對何人所言呢？

是對做出錯誤選擇的少女說的？……不，應該如此稱呼的人，無疑就是。

「……蠢材。」

雷昂重複同樣的話語，一邊嘆息。屍人沒有體溫，所以那道嘆息極其寒冷。

即使如此——胸口裡仍是久違地充滿著暖意。

【EPISODE II】

渴望別離的屍人與執著的少女

Only I know the Ghoul saved the world

——光輝失落。

——救世潰散。

——然而，即使再次墜入虛無，仍是有事物殘留著。

——還有那張像是在哭泣般的笑容。

那傢伙任何時候都很強大，那傢伙不論何時總是很可靠。

那傢伙，萊因哈特·克洛斯萊他——

是比任何人、任何事物都還要耀眼的存在。

「為什麼你這麼強？」

「這都是因為愛使然吶。」

「……所謂的愛，是什麼？」

當時的我無法理解。

然而隨著時光流逝，我總算懂了。

「我愛著你們兩人嗎？」

一旦如此認知後，就對自己感到厭惡。

已經無法繼續當那個老是被守護著的自己了。

「怎麼了，夥伴？居然卯起來練，只不過是練習不是嗎？」

「……我想接近你，還有師父的背部。」

變強，變強。想要不以名字為恥，與兩人並肩而行。

表達出這種想法後，那傢伙立刻笑著說道：

「你已經夠強大了唷，夥伴。」

「……沒這種事吧，之前也才拖累了你。」

我自卑地如此說道後，那傢伙一邊輕敲我的胸口，一邊說道：

「欸夥伴，你是能為了別人而努力的男人。光是這樣就已經足夠了唷。」

充滿黃金色光輝的眼眸筆直地望著這邊。

「挺起胸膛吧。你是我們的家人(family)，是我們的驕傲。」

站在旁邊的師父也對那傢伙的話語大大點頭。

「所謂力量強弱只不過是雞毛蒜皮的小事吶，重要的是能否將背部託付給對方，以及對方是否可以信任。這樣想的話，雷昂，對我們而言，沒有任何存在在你之上。」

兩人認同了自己，兩人持續相信著自己。

對這樣的我，對弱小又可悲，而且不堪入目的愚蠢屍人。

所以我。

「……絕對要變強。變強，然後守護兩人的身後。」

我對自己如此起誓。

「來吧，再練一次，萊那。這次我一定要擊中你。」

「嘿嘿，我很期待唷，夥伴。」

我曾經以為如果是為了這兩人，自己什麼都做得到。

我曾經以為如果是為了這兩人，就算是自身性命都不足為惜。

然而我卻——

◇　◆　◇

從卡魯那村返回聖都後，隔天。

耳中傳來鳥鳴聲，雷昂清醒了。

「……那個女孩好像還在睡吶。」

腦海裡浮現愛莉絲的身影。她處於身心俱疲的狀態中，因此沒有餘裕前來叫屍人起床，如今還在沉睡中吧。

雷昂並沒有什麼想法，不如說這樣正好。因為晨間的例行訓練不會受到打擾。

雷昂撐起身軀下了床。

「呼──……」

他重複深呼吸，操控四肢。

這是武練體操，它是以舊時代傳承下來的格鬥術為基礎而創造出來的，被大眾廣泛地視為用來維持健康的運動。然而，這畢竟只是一般的看法。偏離常軌的存在……特別是靠逞凶鬥狠為生的人們，會在完全不同的目的下活用這項技術。

要用分毫不差的動作完成武練體操，精妙的肉體操作是不可或缺的要素。

只要窮究這項練習，四肢動作終將會被刻劃進無意識的領域中……最終抵達無我境界。

只要能抵達這個領域，肉體就再也不會被精神上的紊亂所拖累了。

不論處於任何狀態，都有可能靠著完美身法擊碎敵人。

雷昂如今已抵達這種境界。

對過去的自己而言，這是難以置信的成長吧。

「哇塞……你體操做得真爛耶……」

「哎、哎呀，只要持續努力，總有一天一定會進步的。」

腦海浮現兩人的回憶。庫蕾雅跟萊因哈特都用令人為之著迷的動作完成這個體操，然而雷昂不管經過多久都做不好……

那一定也是導致那起慘案的重要因素之一吧。

做為目標的背影已蕩然無存，不過，也正是因為如此。

「因失去一切而得到強烈衝動，想要得到力量的這股衝動，將這副身軀推升至曾經視為目標的境界……諷刺成這樣的事也很少見。」

到來的悲哀擾亂心靈，肉體卻依舊維持著流暢而美麗的動作。

累積了四年的努力，正逐漸讓凡軀抵達高手的領域。

至少在技術上正確實地變成這樣。

「呼——……」

結束所有過程，在最後做一個深呼吸。然後，雷昂輕聲低喃。

「我必須孤身一人才行，有人站在身邊是不被允許的事。」

回憶過去而產生的哀戚否定現在的自己，雷昂順從這個想法——

邁步走向弟子（愛莉絲）那邊。

「起床。」

「唔唔……嗯～……居然連夢裡都有師父出現……好開心呢～……唔呵呵呵。」

「不是作夢，是現實。給我起床貪睡鬼。」

「…………………………欸？是本尊？」

愛莉絲還沒睡醒的腦袋急速變得清醒。

「啊哇哇哇……！睡、睡衣皺巴巴的……！頭髮亂糟糟……！啊哇哇哇……！」

愛莉絲紅暈上頰，手足無措慌張不已。雷昂一邊俯視這種痴態——

「我是重信諾的男人，因此並不打算違背跟妳訂下的約定。雖然極為氣惱，但我還是會把妳當成弟子看待。雖然真的非常不甘願就是了。」

說到這邊，雷昂用力伸出手指比向愛莉絲。

「既然當了弟子，指導妳就是吾之職責，因此我要把妳——」

「肯鍛鍊我嗎!?」

這反應出乎意料。趁工作後留下的疲勞感尚未消退時提出訓練邀約，她就會感到厭惡吧——雷昂是這樣想的……然而不如說愛莉絲甚至還滿心期待地露出閃閃發光的眼神。

「……聽好了，我可是不會手下留情的唷。」

「是！師父！」

「……我會徹底把妳往死裡操的，就算哭哭啼啼我也不會停手喔。」

「是！感激不盡，師父！」

「……只要說半句喪氣話，就立刻將妳逐出師門。我不需要廢物。」

「這是當然的，師父！」

屍人發出嘆息，而且還又深又長。

其實雷昂陸續撂下嚴厲話語，是為了讓愛莉絲覺得「這種師父真討厭」，然而——

「訓練♪訓練♪跟師父～一起訓練～♪」

別說是心生厭惡，她甚至還哼著歌跟在後面。

愛莉絲這副模樣讓雷昂感到溫馨……但他仍是狠下心腸，加深自己的決心。

（我要好好地、嚴厲地教導她。如此一來她就會出聲求饒，離開我身邊吧。）

愛莉絲沒有察覺到這個真意，就這樣跟隨師父的背影……

兩人踏進宅邸的地下。

「總、總覺得這裡空蕩蕩的呢，而且也完全沒有訓練用的器具……該不會是用來訓練腳力的地下訓練場吧？」

「不是，這裡是使用了最先進技術建造而成的訓練場。」

雷昂觸碰位於出入口附近的球狀裝置，將「聖源」流入那邊。

下個瞬間，室內中央出現多個射擊訓練用的靶子。愛莉絲雙眼圓瞪望著它們，一邊說道：

「欸？突、突然有靶子出現……」

「這個裝置具有召喚各種幻影的機能。只要利用這個，就能進行各式各樣的訓練……不過在那之前，先讓我看清妳的素質吧。首先是射擊。」

雷昂一邊說話一邊操作裝置，在愛莉絲眼前召喚出數種飛行道具。

她選擇的是短弓，是打算用最擅長的武器好好表現給師父看嗎？

這樣的愛莉絲，一定馬上就會哭喪著臉吧。

「要開始囉，準備好了吧？」

「是的！」

氣勢十足如此回應的瞬間……所有靶子開始動了起來，而且還是在超高速下。

（這是射擊訓練中的最高難度，這個女孩連一個靶子都打不中吧。）

故意對理所當然的結果雞蛋裡挑骨頭，責難她不配成為「救世」勇者的弟子，然後將她逐出師門。

雷昂腦袋裡浮現這種**令人心痛**的未來，然而——

其結果究竟是——

「滿靶……!?」

以高速移動的十二個靶子，愛莉絲將它們全部都射穿了，而且僅僅花了七秒。

「那、那個，我的弓技狀況如何呢……？」

純真美貌上有著對結果的期待感。

雖然想要誇她，不過如果她因此而親近自己就頭痛了。

雷昂故意說出帶刺話語。

「……沒超出凡人的領域，技術還是不足。」

「是、是這、這樣啊。」

沒能得到想要的答案，愛莉絲喪氣地垂下頭。

一看到這副模樣，強烈的自我厭惡感便襲上心頭。然而，雷昂卻搖搖頭揮開這個念頭。

（要挑剔她使用飛行道具的技巧是不可能的。話雖如此，她也不見得不擅長接近戰。）

（……要將這個女孩逐出師門，讓她離開我身邊。為了達到這個目的只能不擇手段了嗎？）

雖然這手段極其惡毒，卻也是情非得已。

「這個裝置也能召喚『魔物』的幻影。以妳的身手，適合第四級的霧化『魔物』吧。」

下個瞬間，一隻小型犬人出現。目睹那副身影出現的同時，愛莉絲肩膀倏地一震。過去的痛苦記憶復甦了吧，正如雷昂計畫的一樣。

「接下來以這傢伙為對手……而且是，空手吶。」

「欸？不、不使用武器與『魔物』戰鬥嗎……？」

「這是為了測試妳的心理素質。當然，如果妳要停止的話也是沒關係啦。」

如此一來就是逐出師門了——愛莉絲也感受到這件事了吧。

雖然因恐懼而膽怯，愛莉絲仍是在眼眸裡寄宿著強烈光芒，直勾勾地凝視雷昂的臉龐。

「如、如果能做到……可、可以摸摸我的頭嗎……？」

「嗯、嗯，如果能打倒的話吶。」

雷昂有著確信，不會有這種結果的。

的確，這個女孩是天才。然而……心態卻會糟蹋這種才能吧。

「……要開始囉。」

「素、素滴！」

愛莉絲冷汗直流，渾身顫抖著與敵方對峙。

雷昂把那副姿態與自己的身影疊合了。

（我跟她兩人都是膽小鬼。）

（連遇上不能退讓的狀況就能拿出某種程度的勇氣這點都一樣。）

（不過……就是因為跟我一樣，所以這個女孩無法突破試煉吧。）

眼前的犬人是幻影，但戰力與魄力卻跟本尊相同。

要手無寸鐵空手挑戰這種對手。

（肯定會像我以前那樣丟臉的。）

他是這樣想的，然而——

「唔，啊，啊啊啊啊啊啊啊啊啊啊啊啊！」

雖然淚溼雙瞳，愛莉絲仍是毅然地挺身面對。

光是這樣就足夠令人意外了，說到這個女孩——

「……這怎麼，可能。」

她空手與「魔物」對峙，不只是能夠好好戰鬥，甚至還占了上風。

而且——她成功了，達成空手打倒「魔物」的偉業。

「咕，啊，啊……！」她趁小犬人瞬間出現的破綻繞至牠身後，飛身撲上去用手繞住脖子。

下個瞬間，周圍響起像是樹枝折斷的聲音。愛莉絲折斷了敵人的頸椎。

「呼啊，呼啊……師、師父……！」

她用跌坐在地上的狀態望向這邊，其深綠色眼眸中有著期待感。
我做到了師父。如何呢師父？我很努力唷師父。
所以，請誇獎我。
……雷昂無法接受這種情感。
心中產生的困惑撥開他的這種情感。
「為什麼，妳……能像那樣，行動呢？」
「呃～，我啊，從小時候就是靠打獵為生的，一定是環境影——」
「不對，不是這種事……為何妳能拿出勇氣，我要問的是這個。」
「勇、勇氣嗎？這、這個……呃，是、是愛的力量！我想是這樣子的吧～！啊哈哈哈哈！」
愛莉絲有如要掩飾害羞似地發出笑聲。
在這樣的她面前，雷昂不由自主雙拳緊握。
腦海中浮現師父與師兄的身影，愛莉絲的回答與兩人的話語如出一轍。
「妳愛我嗎？」
「呼欸!?這、這鍋……啊啊啊……呼欸欸欸欸……」
有如蘋果熟透般的臉蛋，手足無措的慌亂模樣。
看著就令人難受。

「……如果因為愛可以讓人超越極限，如果愛就是勇氣的根源——」

那麼，我沒愛著那兩人嗎？

那傢伙的話語才是正確的嗎？

「師、師父？」

「……已經夠了，訓練就到此為止。」

有如要逃避回憶，以及回憶帶來的痛楚似的，雷昂中斷思緒。

「聽好了，這個只是報酬，沒有更進一步的意義在裡面。」

雷昂走近愛莉絲……按照約定溫柔地輕撫她的頭。

「呼欸欸欸……」

舒服觸感讓愛莉絲放鬆雙頰，露出靦腆笑容。

如果能盡情疼愛那副姿態的話該有多好——自己心中也存在著這種想法。

然而如今，埋進雷昂胸口的情感卻過於複雜。

（我以為這個女孩的本質與我相同。）

（然而實際上……卻完全吻合師父跟萊那的那種意志。）

（……然而這是為何？為什麼跟我一樣的膽小鬼能變成這樣？）

到頭來答案並未出現。

相對的，產生了另一個疑問。

（與這個女孩相遇，真的只是偶然嗎？）

（……不，恐怕是主的御意吧。）

（想對現在的我傳達某事。）

（然而……就算這是主的御意……果然還是不能把她放在身邊。）

（我無法否認自己被她吸引，正是因為如此……我得推開她才行。）

（因為，我無法保護，任何人。）

如果一直站在自己身邊，愛莉絲一定也會迎來悽慘的結局吧。

不行，不能允許這種事發生。

然而……就算想要疏遠，目前也找不出手段。

自己只能暫時跟她一起生活了吧。

（我能做到的就是，在這段時間內不讓她斃命。）

（能做到的就是，讓她就算離開我也能安穩度日。）

結論立刻出現，雷昂在此時把手移開愛莉絲的頭。

「去吃早餐，之後要去鎮上喔。」

「是的，師父。這次也是要去公會嗎？」

「不，要去見熟識的鍛造師。」

「鍛造師？」

「嗯、嗯，要調整義手……還有訂製妳的**專用裝備**。」

◇◆◇

對新人冒險者而言，取得專用裝備是許多大目標之一。

敬愛的師父要給自己專用裝備，這只能說是喜出望外了。

「師父～要給我～♪專～用～裝～備♪」

愛莉絲興奮到人都要飛上天了，這樣的她令雷昂銳利地瞇起雙目。

「……妳似乎搞錯了什麼吶。聽好了，之所以給妳專用裝備，說到底只是認可妳的才能，考量到妳對後世造成的影響。」

「是的，師父！」

「不表示我對妳個人抱持著好感，我也無意認可妳是弟子。」

「是的，師父！」

「…………妳啊，沒在聽我說話吧？」

「是的，師父！」

雷昂一邊深深嘆息，一邊注意周遭。

路上行人的視線真的很冷漠。如果這種眼神只針對雷昂的話，那一點問題都沒有，然而聖都居民甚至對這個讓人心生暖意的女孩都露出了冷漠眼神。

（這樣下去不只是非人者，連人類都會威脅到愛莉絲的人生。）

（就算是為了避免這個情況，我也得盡快趕走她才行。）

（不過，該用何種手段呢……）

到頭來雷昂什麼也沒想到，就這樣在目的地前方停下腳步。

那是一家麻雀雖小五臟俱全的武具販賣店。

寫在招牌上的名字是安·布雷卡普爾（unbreakable）……絕對不會毀壞之物。

雷昂推開門扉走進店內，就這樣筆直地朝深處前進。

那兒有記帳用的桌子，貌似店員的黑髮少女乖巧地坐在椅子上。

「…………歡迎光臨。」

「聲音好小!?」

「今天是妳顧店嗎？」

「……是的。」

「那傢伙呢？」

「……在裡面的工作室睡覺。」

「是嗎？我要通過，沒關係吧？」

「……請。」

雷昂走向位於少女身後的門扉。它通往店鋪後院，那兒密密麻麻地排列著以大型火爐為首的鍛造用設備與道具。

看樣子不久前還有人在工作，周圍很悶熱。

在這種環境下，有一名女性躺在地上呼呼大睡。

「艾蜜麗亞，起床了。有工作要做。」

如此呼喚後，她立刻緩緩睜開眼皮。

「……………………啊啊，超想睡的。」

她在深綠色眼瞳中寄宿不悅感，一邊撐起上半身。

「會堆積如山，卻不會就此消失，雖然明白所謂的工作就是這種玩意兒，但這陣子真的是太扯了。」

她一邊抱怨一邊仰望天際，接著搔了搔頭。

隨意留長的紅髮完全沒在保養，亂糟糟的甚至還有點髒。是有一陣子沒洗澡嗎？汗味也飄了過來。

——然後她，艾蜜麗亞總算在此時望向雷昂。

「找熬夜三天的我要幹麼？你這個臭屍人。」

「過來檢修義手……還有委託妳製作專用裝備。」

「啥？專用裝備？你的不是已經裝在手腳上了？」

「不是我，是她的裝備。」

雷昂將視線移向愛莉絲，艾蜜麗亞也仿效此舉……不知為何，她的心情變得更差了。

「妳是誰？」

「初、初次見面，我叫做愛莉絲‧坎貝爾。」

「啊是嗎？那麼，妳是雷昂的什麼人？」

「我、我在不久前成為師父的頭號弟子。」

「……………………………………………………啊啊？」

已經不只是不悅了，變銳利的眼眸甚至寄宿著殺氣。

「雷昂，你在想什麼？」

「……我有苦衷。」

雷昂別過臉龐，有些不好意思地如此低喃。艾蜜麗亞朝這樣的雷昂瞪視了半晌。

「哼，哎，算了。要不要收弟子都是你的自由呢……那麼，說是要訂那個小姐的專用裝備？素材是啥？」

「嗯、嗯，是這個。」

雷昂從腰包中取出在卡那爾村討伐的食人魔的「生證石」。

「喔，是第二級的嗎？不過這個不是小姐靠自身之力取得的吧？」

艾蜜麗亞盯視愛莉絲的臉龐。那對深綠色眼眸中有著看穿一切的聰慧……因此愛莉絲無法與她四目相接。

「菜鳥要使用專用裝備還早個十年吶，變成只會靠武器的木偶娃娃該如何是好？」

「比喪命要好多了吧。」

他如此回應後，艾蜜麗亞發出咂舌聲，用打從心底厭惡的表情。

然而她並未露出要拒絕委託的態度，不如說她還站了起來走近愛莉絲。

「稍微失禮一下。」

「呼欸？」

她啪噠啪噠地摸起愛莉絲全身。

「做、做什麼……!?」

「量尺寸，還有確認現階段鍛鍊的狀況。再來就是，掌握妳的習慣動作……話說～，妳的胸部真小耶。妳已經十五歲了吧？都十五了還是這種尺寸的話，未來一片黑暗呢。」

「沒、沒這回事——」

「順帶一提，那個臭屍人喜歡巨乳，所以妳這種貧乳他根本不會放在眼中

喔。」

……愛莉絲用懇求般的目光望向這邊，但雷昂決定無視。

「嗯，哎，大致上明白了。妳是某個村莊出身的吧？土地很貧瘠，打獵技巧與生活有著直接的關聯。所以妳必然很會用弓，刀劍技巧也有一定的程度呢。」

說中了。這個女人不只是胸部大，愛莉絲感受到不可輕視的事物。

「關於小姐的專用裝備嘛，哎，有個十天就足夠了呢。」

如此述說後，艾蜜麗亞將視線移向雷昂，一邊凝視他右臂與左腳一邊說道：

「真虧你能在這麼短的期間內把它們操成這樣。不只是義手，連義腿都得照顧一下才行呢……首先是義手，來吧，快將它卸下吶。」

雷昂按照吩咐拆下右臂，將它遞向艾蜜麗亞。

她將那隻右臂搬到小桌子上，拉過工具箱開始分解它。

「喔，喔，調整內容跟平常一樣呢。話說～你老是使用參號吧？輸出功率下降了不是嗎？」

「……我沒注意到。」

「唉，這麼遲鈍，虧你能活到現在呢。」

「是託妳的福，艾蜜麗亞。」

「哈！正是如此吶，你這個混球。」

流動在兩人之間的氛圍相當沉穩。

「……兩位認識多久了呢？」

「算起來將近十年了吧。」

「非常久呢。」

艾蜜麗亞一邊調整義手，一邊發出哼笑。愛莉絲將這種態度視為成人的從容，因此她在不知不覺間吐露了自身的情感。

「兩位感情這麼好，有點讓我嫉妒呢。」

在那瞬間——

「啥啊？」

艾蜜麗亞深綠色的眼眸中寄宿了深不見底的昏暗。

「妳說感情好？哈哈，真荒謬！」

那不是掩飾害羞的話語。

艾蜜麗亞發出嗤笑時散發出來的氣場，跟城鎮居民平常對雷昂表現出來的那種情感相同。

是侮蔑與憎惡，還有惡意。

「人家跟這傢伙說到底只是工匠跟客人之間的關係，就僅僅只是如此而已……不，不對吶。還有另一個關係吶。」

艾蜜麗亞說到這裡時，雷昂輕聲對她說了一句話。

「沒必要告知到這個地步吧。」

雷昂用略微強硬的口吻編織出話語，艾蜜麗亞以無視這句話的形式說道：

「除了契約關係外，還有另一個關係。人家呀，是這傢伙的主人。只要下令，不管是什麼事這傢伙都會去做。他不得不這樣做，是吧，雷昂？」

艾蜜麗亞朝低著頭默不作聲的雷昂發出哼笑，一邊撂下後半段話語。

「其實我剛好打算要叫你出來，你自己過來倒省了我一番功夫呢。而且小姐的事情也處理完了……就來談談**這次的工作**吧。」

愛莉絲完全跟不上狀況，相反的，知悉一切的雷昂只是嘆了一口氣做出回應。

是把這個反應視為同意嗎？艾蜜麗亞說出下面的話語。

「是位於路卡提耶爾迷宮西部地區的同類相食村。說到那裡嘛，就是低風險高報酬的賺錢場所，連高層都非常中意。正是因為如此，他們無法對妨礙既得利益的事物視而不見。」

「……豬人女王（orc queen）復活了嗎？」

「是呢，然後啊，這邊就輪到你出場了。輪到**擁有力量能徹底殺掉怪物**的特殊屍人（怪物）——雷昂・克羅斯哈特出場了。」

愛莉絲對兩人的交談沉默至今，然而……

浮現的疑惑卻在此時不經意地漏了出來。

「徹底殺掉？」

「嗯、嗯，是吶。妳也是知道的吧？『魔物』不論怎麼宰殺，總有一天都會復活。快則數天，慢則兩年左右吧。」

沒錯，正如艾蜜麗亞所言，「魔物」具有某種不死性質。

這正是替人心帶來黑暗的最大原因。

「就算殺掉『魔物』，牠們總有一天也會確實地復活，因此那些傢伙的數量只會一直增加。相形之下，人類的數量只會不斷減少。如此一來總有一天——**人類會滅亡**。」

然而，如果雷昂能徹底殺掉「魔物」的話。

「師父能成為救世主……！」

浮現在愛莉絲臉上的亢奮感，其原因果真就只是因為如此嗎？

不，還有另一個理由。

然而，簡直像是在說自己完全不關心她的這種心情似的。

「啥救世主啊，真蠢。就是因為擁有這種力量，所以這傢伙——」

艾蜜麗亞咬住脣瓣，浮現在她臉上的情感與先前的惡意不同。

就某種意義而論，是位置完全相反的情感，也就是……悲哀。

「聽好了，小姐。所謂的力量，不只會帶來正面的影響喔。有時也就是因為這樣，會被賦予殘酷的宿命，這傢伙（雷昂）就是這個典型呢。」

「這是什麼意思？」

「意思就是妳搞錯了喔。高層才沒想過要用雷昂救世，只是將他當成方便的道具使用，在最後……**用到壞掉為止**。這就是那些傢伙的目的吶。」

愛莉絲無法立刻明白艾蜜麗亞說了什麼話。

「用掉，壞掉為止？」

「是吶，雷昂是紅眼『魔物』。光是這樣就已經是不被允許的存在了，然而卻還是像這樣留雷昂一命，就是因為他擁有殺死不死者的特性呢。」

不被允許的存在，這句話令愛莉絲感到不講理……產生強烈的憤慨。

「這是，為什麼呢……！為何如此過分！」

愛莉絲槓上艾蜜麗雅，然而艾蜜麗雅只是露出灑脫笑容說了一句話。

「**夜行殺**，妳好歹也聽過這個名字吧？」

耳聞毫無脈絡的話語，愛莉絲用交雜著憤怒與疑惑的表情點點頭。

所謂的夜行殺，是極具知名度的殺人魔的外號。

年齡不明，經歷不明，性別不明。唯一明瞭的情報就是，夜行殺有著在殺人現場以血液代替墨水寫下詩篇的興趣，除此之外一切都尚未明朗。

據說光是可以確定的被害者數量就高達二百八十四人，算上疑似被害者的話，數量就破千了。

「這是四年前的事，我們弄清了那個殺人魔大人其實是『魔物』吶。牠的種族是吸血人，單純的戰鬥能力當然很高，能將人類變成『魔物』的能力真的很棘手。不過如果牠是青眼的話，那還可以想辦法解決。問題在於，那傢伙是紅眼。」

愛蜜麗雅說道。

紅眼「魔物」擁有人心，因此持有跟人類一樣的智能。

「那傢伙證明了此事有多麼危險吶。因此只要發現『紅眼』魔物，就要不由分說立刻撲殺。因為只要這樣做，牠們**就不會再度復活唷**。」

愛莉絲反芻對方有如偷襲般帶來的情報。

「不會再度，復活……這是什麼，意思呢……？」

「就是字面上的意思喔。紅眼『魔物』一旦死掉就會完蛋，是擁有人心的代價還是怎樣呢？雖不明原理，但這件事不會有誤。」

雷昂也一樣，一旦死亡就會就此告終。而且據說那個什麼高層的也希望此事發生。

「為，什麼……!?這樣很奇怪吧!?師父明明是唯一能拯救世界的存在啊！為什麼要把這種存在——」

「大約是兩萬八千。」

突然端出來的數字讓愛莉絲感到訝異，氣勢也為之一挫。

艾蜜麗亞盯著她的這副身影，一邊繼續說道：

「每天增加的『魔物』數量，在這幾年演變至二萬八千左右。相形之下，擁有能力能夠徹底抹殺牠們的傢伙只有雷昂一人。」

現實被狠狠地擺到面前，讓稚嫩少女有如從夢中初醒似的。

「話雖如此，那股力量依然很珍貴，所以才沒處死雷昂吶。因為做為專門對付『魔物』的殺手，他可說是再適合不過的人選了，有足夠的利用價值。話雖如此……」

用到壞掉為止這個決定並未反轉，這正是對雷昂的**處罰**，而且——

「欸小姐啊，所謂的力量呀，跟詛咒是一樣的喔。雷昂因為某種因果而變成『紅眼』魔物，光是這樣就已經糟糕至極的說，居然還多附贈了不死者殺手的屬性。所以這傢伙啊，連輕輕鬆鬆死去都不被允許。如果對紅眼『魔物』的認知跟四年前一樣，至少還會有救吧，但如今已經……」

艾蜜麗亞話語中有著徹頭徹尾萬念俱灰的情感。

愛莉絲是這樣想的，這個女人對師父的惡意一定是——

然而在她開口把那句話說出來前，艾蜜麗亞就言歸正傳了。

「雷昂，下達給你的命令就是討伐豬人女王。在我們談話之際，那傢伙也無窮無盡地生產著豬人。確實地宰掉牠，別再讓牠復活了吶。」

總結她的話語就是如此。

第三級「魔物」豬人們在牠們的樂園裡橫行無阻；侵入牠們的樂園，抹殺牠們的女王。

沒有後援，一切都只能靠自己，換言之就是——

「等於是叫師父去死不是嗎？」

「是啊。打從剛才我就這樣說了，妳頭腦不好嗎？」

「請不要開玩笑！怎麼可以有這種蠢事啊！」

回過神時，愛莉絲已經在咆哮了。為了師父，打從心底發出怒氣。

目睹她的這種身影，雷昂感到一股暖意，不過也正是因為如此。

（……這個女孩恐怕會說自己要跟過來吧。）

這次的工作也是，下個工作也一樣。抱著不能讓師父獨自涉險的想法。

（不行，只有這個非阻止不可。）

雷昂將決心深埋於胸，愛莉絲在他眼前叫道：

「請住手，師父！別再做什麼工作了！」

「唉，小姐啊，妳有在聽我說話嗎？就是因為完成了那些工作，才留雷昂一命的唷。如果拒絕的話，雷昂就會被立刻處死就是了。」

這是避無可避的宿命，然而——

「……工作雖然不能不做，卻有可能改變內容。」

雷昂如此發言後，愛莉絲與艾蜜麗亞分別做出不同的反應。

前者頭頂浮現問號……至於後者，則是露出察覺某事的表情。

「艾蜜麗亞，妳能去交涉一下，在我培育完這個女孩前，給我相對安全的工作嗎？關於這次的工作，也務必請妳動用人脈——」

這句話有著何種意圖呢，愛莉絲沒能徹底理解。

察覺到這件事後，雷昂對她送出答案。

「雖然無法避開危險……不過，如果妳變強的話。」

「……唔！由我來，保護師父……！」

「嗯、嗯，妳的才能是貨真價實的，心靈的強度也是。只要磨練那股力量，就有可能徹底守護住自己想要保護的事物吧。我會好好鍛鍊妳，讓妳變成這樣的。」

「……！好的！請多多指教，師父！」

愛莉絲的稚氣美貌有著強烈的感激之情。

她一定是這樣想的吧，認為師父信賴著自己。

這種喜悅讓她做出務實的選擇。

充滿她臉龐上的決心，與昔日屍人懷抱於胸的情感一樣。

他當時也是天真無邪地一直對師父跟師兄這樣說。

由我來——

「由我來，保護師父！」

愛莉絲堂堂正正做出斷言，雷昂輕撫她的頭。回過神時，他就已經這樣做了。

其理由並不是對弟子產生情感。

而是對她，還有過去的自己感到憐憫。

艾蜜麗亞對這樣的雷昂說道：

「要好好幹唷。」

用有些淡泊的語氣如此說道後，她望向愛莉絲那邊又說了一句話。

「好像可以跟妳好好相處呢，小姐。」

就算是愛莉絲也明白，這句話並不是字面上的意思。

然而——

她終究無法理解艾蜜麗亞與**師父**心中的盤算——就這樣返回了宅邸。

然後到了夜晚，吃完晚餐又洗好澡後，愛莉絲立刻回自己房間就寢。

其實她是想要熬夜訓練的，為了快點成長為能夠守護住師父的存在。

卻被雷昂這個當事者當面說了後面的話語，所以不得不死心。

「睡眠也是訓練的一環，給我好好睡，直到早上都不准下床。」

愛莉絲一邊回想師父有如提醒般的語氣，一邊弄熄蠟燭的燈火閉上眼皮。

訓練產生的疲勞，以及滿腹造成的睡意催生出強烈的睡意。

她委身於這種感覺——被引誘至夢境的世界。

「難過時才要笑。」

這是母親的口頭禪。

「感到難過的話就笑一笑，想要生氣的話就笑一笑，覺得不想笑的話就笑一笑。愛莉絲妳呀，是為了笑而誕生的唷。」

雖然村子裡的人們都把母親當成瘋子對待。

但對愛莉絲來說，母親是她心愛的人，是應該要去愛的人。

只要有這個人在身邊，就能對明天抱有希望，她曾是這樣想的。

不過有一天，母親的眼睛開始混雜著青藍色彩。

這個事實毀壞了一切。

「笑吧，愛莉絲，連我的份一起。」

母親變得無法下床，母親變得沒辦法笑了。

「愛莉絲，妳會變幸福的。妳是為此而生的唷。」

「所以，笑吧。」

「要笑唷，就算笑不出來也要笑，為了笑而笑。」

「非笑不可。好了，快笑吧。」

「給我笑。」

「給我笑！」

愛莉絲愛母親，打從心底愛她。

正是因為如此，她希望這個人能以人類之姿走到盡頭。

而且——

「愛莉，絲……」

母親她。

「笑，笑，笑……」

母親她。

「快點，笑，吧——」

母親。

母親她母親她母親哈哈哈母親母親她母親哈哈哈母親哈哈她母親哈哈哈母親她哈哈哈母親。

哈哈哈哈哈哈哈哈哈哈哈哈哈哈哈哈哈哈哈哈哈哈哈哈哈哈哈哈哈哈哈哈哈
哈哈哈哈哈哈哈哈哈哈哈哈哈哈哈哈哈哈哈哈哈哈哈哈哈哈哈哈哈哈哈哈哈哈哈
哈哈哈哈————

「————嗚！」

身軀擅自彈起。

愛莉絲抱住顫抖的身軀，做了好幾次深呼吸。

心悸沒有停止，冷汗弄溼全身。

「呼……呼……呼……」

「……去那個人身邊吧。」

愛莉絲下床離開房間。

只要看一眼師父的身影，一定可以治癒惡夢帶來的心情低落吧。

「雖然違背了命令，不過……師父一定會原諒我的。」

一邊在嘴角盈滿微笑，一邊前往他的房間。

然後愛莉絲抵達了那邊，為了不吵醒師父而緩緩打開門——

「——欸！」

眼前的光景讓她呆若木雞。

充滿無機質氛圍的室內，如今那兒只是空殼——

◇◆◇

在白色暗闇支配的魔之領域裡。

一發槍聲響徹四周。

「雖然不是瞧不起……卻還是得承認評價過低吶。」

目的地是同類相食村，通往那兒的街道就位於平原正中央。如果是普通街道的話，就是沒有任何危險的場所，然而如果那兒是迷宮內側的話，那情況就大大的不同了。

「料料料料料喔喔喔喔喔喔喔喔喔喔喔喔喔！」

一名植物人（mandrake）從旁邊飛身竄出——在那個瞬間槍口噴出火。

銀色子彈正確地射穿植物人的胸膛，將一身綠的全身化為腐敗肉汁。

「……這次的襲擊在沒受傷的情況下結束了嗎？」

雷昂用右手輕撫因大意而刻劃在身上的傷痕，一邊感到焦躁。

身體處於萬全的狀態，心靈卻狀況不佳，其原因就是名為愛莉絲・坎貝爾的少女。

「……我的選擇沒錯，與她的關係是建立在離別的前提下。如此一來，就應該趁早這樣做才對。不然的話……不幸就會造訪到她身上。」

為了防止此事發生，雷昂背叛了愛莉絲。

採取傳達出信賴的態度後，雷昂以行動表明那只是謊言，接著留書一封，用信中寫下的字句給予她的心靈致命一擊。

——像妳這種過於純真的蠢人，誰要照顧到最後啊。

——什麼叫「我會守護師父」，真是荒謬。

——光是輕易被謊言所騙，妳就已經沒有這種力量了。

以這種字句當作開場白，再加上一堆辱罵，最後再宣告她被逐出師門了。

「如此一來，那個女孩就有安穩的未來。我做了正確的選擇。」

然而如今，懊悔念頭卻埋進了雷昂的心。

為何會產生這種情緒呢？那是因為雷昂向她尋求著**救贖**。

愛莉絲．坎貝爾這名少女，對這個屍人而言——

「不可能……！只有師父跟萊那才是我的救贖……！在我親手破壞它的那一刻，救贖就已經不存在於這世上的任何一處了……！」

漸漸剝落。每次說服自己，每次自我暗示，都會漸漸剝落。

「救世」既孤獨又孤高，屍人活著就只是為了成就他繼承下來的使命。

這種**華而不實的裝飾**漸漸剝落，雷昂無法維持自己應該要演出來的理想自我。

被寂寞壓扁，因自我厭惡而苦惱、即將崩潰的男人。

這就是雷昂・克羅斯哈特的真實面貌。

「別去思考，什麼都別再去想了。就算這樣做也沒意義，我跟她的關係已經——」

破裂了——就在雷昂打算這樣說服自己的前一瞬間。

聲音傳到雷昂耳中。

「怎麼可能，該不會——」

在驚愕之際，聲音再次飛向這邊。

這次他清楚地聽見了。

「救，救我。」

◇　◆　◇

「呼……呼……呼……」

愛莉絲・坎貝爾用拚了老命的模樣，在白色暗闇中不停奔馳。

「師父……！」

浮現在眼角的淚水並不是怒氣造成的。

是恐懼使然的淚水。

「我不要……！不要，不要，不要，不要，我不要……！」

再也不要像那樣。

像那樣被丟下不管了。

「師父……！你，又把我……！」

不想離開。對失去所有的我而言，那個人是唯一的——

「木，木木，木木木木木木木木木木木木木！」

就在此時，地面突然竄出某物。

是植物人，肉體宛如無數植物聚集而成，然而口鼻以及眼睛確實是人類之物。

這個攻擊雖然等同於偷襲，愛莉絲卻用令人驚異的反射神經躲了過去。

「不要，礙事啊……！」

她躍向後方，一邊將手伸向背後，將箭矢搭上弓——然後釋出。

與銳利破風聲響一同飛翔的它，漂亮地貫穿目標的頭部。

雖然這正是一射一殺的體現，但「魔物」並沒有名為恐懼的概念。

因此。

「種，種植，種植，植植，植植植植植植植。」

「菜，菜菜，菜，菜啊啊啊啊啊啊啊啊啊。」

大群植物人湧向愛莉絲身邊。

「師父……！」

即使面對一般而言應該要有必死覺悟的光景，愛莉絲的心仍是不屈不撓。

怎麼可以死呢，我要變幸福。

跟那個人一起，變幸福。

「唔……！」

愛莉絲將箭矢射向緊逼而來的非人者，將牠們一一變成腐敗肉汁。

然而敵方不但沒逃走，甚至還猛然襲向這邊。

「咕……！」

就在此時，植物人(mandrake)的拳頭從視野外面飛向這邊，愛莉絲沒能察覺到。

她硬生生地挨下攻擊，在地上滾了好幾圈。

「嗚，嗚嗚……」

眼瞳因淚水而溼潤。

要在這種地方結束嗎？以這種自己不能接受的方式死去嗎？

「師，父……」

回過神時，聲音已從嘴中漏出。

「救、救救我。」

過去的他不肯接受這句話。

然而——如今卻是。

「為什麼會這樣。」

話語說出的同時，朝敵方射出槍彈。

雷昂・克羅斯哈特一邊確認她的現況。

她是受到攻擊倒在地上了吧。美麗的白髮與惹人憐愛的美貌滿是塵土，為了防止霧病的防疫布（口罩）鬆脫，掛在其中一隻耳朵上，裸露而出的臉頰刻劃著瘀青。

目睹這副樣貌的瞬間，屍人感受到身體受到灼燒般的情感，而且——

他憑著一股衝動，虐殺了襲向她的同族們。

然而灼熱情感並未消退，甚至還愈燒愈旺。

雷昂揪住愛莉絲的領口，朝她放聲怒喝。

「妳是在幹什麼！想死嗎！」

目睹師父激烈的情緒，愛莉絲雙肩一顫，眼睛因淚水而溼潤，卻仍是——

「……我的世界裡，一直只有母親。」

她口中漏出孱弱又細微的聲音。

「父親得病被村裡的大人們殺掉了，似乎是如此。所以……故鄉裡只有敵人，所有人都蔑視我們。」

她的話語，漸漸滲入雷昂被熱度支配的心。

「即使如此，我還是很幸福。只要有母親在，不論多麼艱辛我都笑得出來。不過，母親已經，不在了。」

溼潤的深綠色眼眸抓住屍人的心，不肯放開。

她的視線讓雷昂感到似曾相識。對奪走重要之人的仇敵感到的憎恨，以及對拯救重要之人的恩人表達的感激，兩種相反的情緒同時存在的這個眼神……雷昂有印象。

記得是，沒錯。師父與師兄還活著時曾順道去過一個邊境村莊，在那兒。

「師父，你替我**殺掉了母親**。」

眼前的愛莉絲的這張臉龐，看起來與那個幼小少女的臉蛋疊合在一起了。

這個女孩該不會就是當時的——

「……母親也生了病，變得一天比一天奇怪。那副模樣實在讓人看不下去，所以我決定要……親手送母親上路。然而……我卻做不到。」

在那個邊境發生的事情掠過雷昂的腦海。

發出咯咯笑聲的巨大「魔物」，以及即將遭到牠毒手的幼小孩童。

然後——雷昂在千鈞一髮之際衝至現場，討伐了那個「魔物」。

然而，被屍人保護在懷中的孩子卻不哭也不笑。

孩子只是低喃了一句話「媽媽」。

「對我們伸出援手的人，就只有師父你一人。所以，對我而言你就是救命的英雄，是獨一無二的關係。我的世界裡就只剩下你而已。所以，所以，所以啊，師父。」

她一邊撲簌簌地滾落淚珠，一邊顫抖脣瓣說著。

哀戚少女將手伸向這邊。

「不要，拋下我……！」

面對沉痛的懇求，雷昂只能呆呆佇立在原地。

在那個時候，雷昂把守護下來的女孩託付給村莊附近的孤兒院，然後就忘記了她的存在。只有一個方法可以拯救變成孤兒的小孩，那就是把他們送去正派的社福機構，就只能這樣做。事情一旦完成，雷昂就會刻意遺忘對方。就算一直銘記在心，也只會變成讓心壞掉的原因。

這種遺忘掉的無數過去的其中之一就在面前，雷昂如此心想。

（對世界的狹隘觀念，只有虛無中活過來的人才懂。）

（這個女孩……果然跟我一樣。跟我相同，是在虛無的世界中活過來的。）

（而且，我對這個女孩來說，是有形體的救贖。）

（就像我以前向師父與萊那尋求救贖般，這個女孩也……）

放棄的想法漸漸占據內心，自己不可能有辦法推開這個女孩。

因為，自己就是如此。庫蕾雅與萊因哈特，雷昂依賴著他們兩人，擅自認定只有兩人身邊才是自己的棲身場所，沒想過要待在除此之外的其他地方。

正是因為有著這種過去，正是因為可以理解彼此。

對愛莉絲而言，雷昂是有形體的救贖，同時——

對雷昂來說，愛莉絲也是有形體的救贖。

「我……」

回過神時，雷昂已丟出話語。

「我不會保護妳，無法守護妳。」

「沒關係，只要能待在你身邊就行了。」

「我……我，背叛了妳喔？」

「沒關係。只要肯讓我待在身邊，不論是何種背叛我都不會感到悲傷。」

死心的感覺漸漸變強，不久後在那之中甚至產生了安心感，就在那個瞬間。

雷昂打算握住眼前這名少女伸出的手。

四年間的地獄，四年間的孤獨，或許可以療癒一切的唯一救贖。

自己試圖抓住它……然而雷昂卻在緊要關頭抑制了這種弱小。

到頭來，與自己那個想要被拯救的任性願望相比。

堆積起來的自我厭惡感遠為強大許多。

因此，雷昂背對愛莉絲，朝她丟出細小聲音。

雖然沒抓住那隻手，卻也沒揮開它。雷昂扔出了這種逃避般的話語。

「……要跟過來的話，我不會阻止妳。」

他拖著左腳前行，一邊感受著身旁的小小氣息——

◇ ◆ ◇

「那個，師父，我可以請教一個問題嗎？」

「……什麼事？」

「艾蜜麗亞小姐是何許人物呢？」

「……試圖打探艾蜜麗亞周遭的人事物嗎？」

她覺得如果能藉此找到弱點的話，或許能成為交涉材料。

「我認為你受到不公平的待遇，無論如何我都想要拯救師父。」

雷昂無視望向自己的率直目光。

「你有兩個誤解，首先是關於艾蜜麗亞。她確實因為某種緣故而在高層中有人脈，不過並沒有權限決定處置我的方針。」

艾蜜麗亞是當代首屈一指的鍛造師，同時也是隸屬於教會暗部組織「令人敬畏的鄰居們」的監視者之一，其職責便是監視雷昂，以及向他傳達教會高層的命令。

「進行交涉把低難度工作交給我，就是她的極限了吧。」

「欸！那、那個不是在說謊嗎……？」

「的確，那個對答是在作戲。不過，艾蜜麗亞的發言力並非作偽。」

她是被評價為活在數世紀後的未來的天才。

如果這樣的艾蜜麗亞用自身技術當材料進行交涉，要救雷昂一命並非不可能。

「既、既然如此——」

「不，這正是妳抱持的第二個誤解。艾蜜麗亞當初就做過安排，要把低難度的工作交給我，而我拒絕了。」

「……啥？」

艾蜜麗亞想要折磨雷昂，因此積極地將高難度工作交給雷昂處理，愛莉絲一定是這樣誤解的吧。

雷昂再次否定這個想法。

「艾蜜麗亞不是敵人，不如說她是唯一的同伴。」

是漸漸理解他的想法嗎？愛莉絲皺起眉心再次提問。

「意思就是說你是自願接受的……？接受這種過分的工作……！」

「嗯、嗯，正是如此。」

「為什麼!?為何要做這種像是自殺的行為!?」

「因為利害關係一致。教會利用我取得莫大利益，另一方面我則是可以挑戰高難度工作，藉此提升實力。」

這就是屍人如今僅剩的存在意義，為了變成這樣。

「妳在哥布林的巢穴裡有說過吶，說我很強……的確，肉體具備了一定程度的暴力吧，不過心靈就——心理素質還早得很。」

雷昂停下步伐，望向自己的手。如今就算身處白色迷宮之中，他也不會有絲毫顫抖。

這是確切的成長證明，然而——

「距離我的理想還是很遙遠。一旦與上位者對峙，陷入絕境的話，我就會……」

至今仍然恐懼著，為了鍛鍊這種弱小心靈，必須取得超越常軌的勇氣才行。

沒錯，需要能跟那兩人並肩而行的心理素質，不然的話——

「——就無法實現我與那傢伙訂下的約定。」

愛莉絲不懂這句話語的真意，甚至無法想像。

她只能……理解一件事。

雷昂・克羅斯哈特正朝向破滅的未來前進，而且還是自願的。

就算教會、民眾、整個世界的惡意都不存在也一樣。

與這種事情已經無關了吧。

比任何人都還要憎恨雷昂，比誰都還想要傷害雷昂的人，一定就是……

「要說結論的話，我要苟活下去是很有可能的。不過——只要我的意志沒被扭曲，事情就不會如妳的意。」

而且這件事，就只有這件事。

一定永遠也不可能實現吧。

雷昂心如死灰，然而……在他身旁的愛莉絲則是——

「……不讓你死，絕不。怎麼能讓你死呢。」

稚氣美貌中寄宿著決心，這讓雷昂用嘆息聲回應，一邊揮開在心中萌芽的情緒。

因為這個女孩而放棄約定。

這種事不可能被允許。

兩人之間再次拉下沉默的帷帳。

靜寂宛如要刺痛肌膚，持續給予雷昂難以言喻的尷尬感。

在他身旁，愛莉絲似乎切換了意識。

比起不知何時會到來的破滅未來，如今要先克服眼前的困難才行。

從她口中說出的提問就是證明。

「這次的工作有可能解決嗎？」

同類相食村有無數第三級「魔物」蠢動著。衝進那邊討伐村莊支配者豬人女王，在現實層面上是有可能的事情嗎——愛莉絲是這樣認知的吧。

「實際上硬碰硬攻略是不可能的事，因此我會在通行時靠耳朵避開敵方。如果能不被無數豬人發現，接近目標到一定距離的話，就是我方勝利。一旦被發現，到那個時候……」

就只能向神祈禱自己能死個痛快了。

「……失敗的話，等在後面的只有殘酷的死法。即使如此妳也願意嗎？」

「是的。」

她毫不遲疑立刻回答，然而眼眸卻不安地搖晃著。

（其實是想要逃走的吧，然而比恐懼更強烈的情感卻驅使著她。）

（本來應該讓她回城鎮上才對……不過就算講了她也不會聽。）

（反正只要我不失誤，就能不出問題地結束。）

（不如說她的存在，可以成為讓我解決工作的良好動機吧。）

心的力量會讓人變強——師兄（萊因哈特）過去是這樣說的。雷昂雖是「魔物」，心靈卻是人類之物。愛莉絲的存在，一定會帶來正面的影響吧。

一邊抱持這種想法——雷昂一邊抵達目的地。

「彎著身軀前進，絕對不准發出聲音，也要盡可能減少對話，懂了沒？」

「是，師父。」

雷昂壓低姿勢拉長耳朵，緩緩步行。

這裡是以建築物密集的方式建造而成的，不愁沒地方躲藏。

再加上一個會掩去我方聲音的要素。

也就是——互相殘殺的聲音。

「咿咿咿咿啊啊啊啊啊啊嗯嗯嗯嗯嗯嗯！」

「啊啊啊啊咕唔唔唔唔唔啊啊啊啊啊！」

狼人跟豬人兩者正互相鬥爭，爭相將彼此變成腐敗肉汁。

雷昂微微瞄了愛莉絲的臉龐一眼，看樣子她似乎對眼前光景抱有疑惑。

有這種程度的激烈聲音響起，就算輕聲說明也不會有問題吧。

「『魔物』基本上不會同類相殘，但這座村莊的居民卻是例外。『魔物』會被牠們還是人類時抱有的強烈情感或是心靈創傷束縛，並且會以此做為行動依據。如果是這裡的居民……就幾乎全是**對敵人的憎恨**。」

成為眾異形的居所前，這裡被稱為歐拉克爾村。當時它被認為是一座沒什麼特別要素又不起眼的樸素村莊。不過在某一天，這座村莊隱藏至今的事實真相大白，歐拉克爾村也在那時迎接了破滅的未來。

「歐拉克爾村表面上只是普通村莊，背地裡卻隱藏著異教信仰這種重大的悖德行徑。教會不會給予異教與它的信徒人權，因此一旦被視為異教徒，就會不經過任何審判立刻變成處刑對象。」

祕密曝光的同時，教會就將聖堂騎士軍團送至這裡。

而且開始肅清後，歐拉克爾村立刻被純白暗闇支配……村人們變成醜陋的豬，騎士團則是淪落成恐怖的狼。

他們當時一定完全不害怕霧吧，完全沒對自己變成怪物一事感到恐懼吧。

他們只是一味地憎恨眼前的異物，所以就算淪為非人者也還是在互相廝殺。

「……所有人都一樣，淪落成『魔物』前就已經不是人了吧。」

互相撕裂彼此的血肉，折斷彼此的骨頭，然後互相吞食。他們一定會永遠重複著這件事吧，真的是一群無藥可救的傢伙。

「……要趕路囉。」

雷昂與弟子一同走在村內，隱藏在建築物背後，緩慢且慎重地移動。

如同料想一般，通往女王坐鎮著的領域——汙穢苗床那邊的路途並不困難。

「能就這樣平安無事前進的話，我會很開心呢……」

「進入苗床後才是重頭戲，因為豬人們無疑會占盡上風的吧。」

雷昂輕聲對話，一邊移動腳步。

對這樣的雷昂而言，下個瞬間發生的事情正可說是偷襲。

兩人在建築物到處亂蓋的地區順利地前進，就在他們橫越一座教堂的那時。

他的腦海裡流進某人的記憶。

人的幸福是用有沒有愛來決定的，這就是我的人生哲學。

「最近肚子一口氣大起來了呢。」

丈夫如此說道，臉龐像個天真無邪的孩子似的。

一想到這個人的分身就寄宿在我的肚子裡，我就感到無比愛憐。

「初次相遇時，根本沒想過會變成這種關係吶。」

我也抱持同樣的想法，畢竟他當時是嚴格的聖騎士（paladin），我則是虔誠的修女（sister）。雙方都是發誓向神效忠的身分，深信自己的性命這輩子都是為了神而存在的。

「如今回想起來……我們並未理解愛是何物吧。」

「嗯、嗯，真的，觀點很狹隘呢。」

我一邊微笑，一邊用同意話語回應。我們那時有著比任何人都強烈的侍奉心，而這種信仰得到認可，我跟他都站上了足以匹配的地位……然而在某一天，我們察覺到了自身抱持的空虛。

我們雖然愛神，神卻不愛我們。

即使抱持這種認知，仍沒有對教義與信仰感到懷疑。

不過……有一種心缺損了一部分的感覺。

他也抱持著完全一樣的痛苦，因此我們互相補足了缺損的心靈。

所以現在。

「能跟你在一起，我真的很幸福喔。」

「我也是吶，跟妳的邂逅正是主的恩寵。」

我跟丈夫一邊笑，一邊摩擦漲大的肚皮。

一邊祈禱誕生的生命能夠得到幸福。

——然而，那傢伙。
——那個厚顏無恥的下賤女神。
——我所敬愛的主。
踐踏我的祈禱，然後奪走一切。
「為何會這樣。」
我沒能成為母親。
無法守護應該要出世的生命，在我們的教義裡會將這種人視為最惡劣的悖德者。
因此。
「歐爾黛西亞……」
丈夫眼中已經沒有一絲一毫對我的愛意了。
「妳這個，叛徒……！」
我，失去了一切。
失去了幸福、愛情，還有其結晶，而且——
連做為人類活著的權利都失去了。
流入的記憶在這裡迎來結束，雷昂的意識回歸至現實。

「這恐怕是豬人女王的記憶吧。」

無窮無盡生產著小孩的、豬人的女王。

變成這樣前，她是因為失去小孩而喪失一切的一個女人。

「這次的對手果然也背負著不尋常的業障。」

不過也是因為如此，才值得前來這裡。

「……要走囉，為了終結她的悲劇。」

在紅眸寄宿決心，雷昂與弟子一同走上自己的道路。

走了半晌後……周遭的模樣出現變化。

「那個是……產卵管嗎？」

「嗯、嗯，接下來就是重頭戲了。」

一邊凝視捲住面前這棟建築物的純白色管狀物，兩人一邊交談。

「豬人女王會用那根產卵管前端生下孩子……正好就像那樣吶。」

產卵管有如白色大蛇般，其前端發出黏答答的聲音一邊開啟，下個瞬間。

茶褐色的蛋有如擠出般被生了下來。

「該、該怎麼形容那個呢。看起來像是很大的骯髒物體呢。」

愛莉絲露出厭惡般的苦澀表情。在她的視線前方，卵開始響起鼓動聲。

內容物要跑出來了，聲響就是會讓人產生這種念頭……然而此時卻有許多狼人到來，襲擊那顆蛋試圖阻止新生命誕生。

牠們的利爪，將茶褐色的蛋連同在裡面的生命一同撕裂。

「活，活活，活該！活該該該該！」

活該，說出這種話語的下個瞬間——

「嘰咿咿咿咿咿咿咿咿咿咿咿咿咿咿咿咿咿咿咿咿咿咿！」

駭人叫聲響徹四周，從遠方飛來的這個叫聲應是女王之物吧。

應該要誕生的孩子喪命，女王大發雷霆。有如呼應這種心情般，許多豬人憑空出現，開始跟狼人交戰。

「對孩子的執著，或許能成為她的弱點吶……」

只不過，不能演變成必須利用這種弱點趁虛而入的情勢就是了。

因為這次的目的並非正面對決，而是暗殺。只要可以移動至能從遠距離單方面進行射殺的狙擊位置，就會自動確定雷昂他們獲勝。

「我再嘮叨地重複……接下來就是重頭戲。豬人跟狼人勢均力敵的情況已經完全崩潰，光是被豬人發現就會立刻出局。從這邊開始，前進時要盡量避免發出聲音喔。」

雷昂先趴到地上，用左耳貼住石板鋪面。

他用非人者的聽覺拾取腳步聲，周遭環境的所有情報一起進入腦中。

雷昂在腦海裡進行分配，製作詳細的地圖。將「魔物」們的數量、位置以及行進方向等情報畫進地圖，推導出通往目的地的最佳路徑。

這一連串作業結束後，雷昂與愛莉絲四目相接，用手打了信號。

「接下來就用手打信號溝通，懂了沒？」

「是，師父。」

兩人再次行動，順著描繪在腦內地圖上的複雜路徑前進。

兩人的路程可說是一帆風順。

「接下來要從這邊進入，從後門通過後，再爬上附近的建築物屋頂就行了。」

「師父果然厲害……！居然這麼輕易就過關了……！」

一路上雖然如履薄冰，不過似乎可以平安無事地達成任務。

雷昂雖然也鬆了一口氣，卻仍是維持著緊張感進入那棟建築物。

「師、師父，這，這裡是？」

「如同妳所見，這裡是妓院。有什麼問題嗎？」

雷昂話剛出口，愛莉絲就面紅耳赤地慌了手腳。

「真、真真真、真是不要臉！」

「給我好好訓練對性愛之事的抵抗性，對冒險者來說這也是必要的條件。」

「這種事要怎麼訓練才能學會呢!?」

自己有些鬆懈了——就在他如此自覺之際。

通過某個房間的瞬間——又有新記憶流進腦海。

——被稱為聖女時，我曾經打從心底輕視那些悖德者。

所有人都是違背神明的愚者，所以被大家丟石頭也是自作自受。

自己也變成這樣後，我總算是明白了。

愚者是丟石頭的那群傢伙。

……悖德者不准過之前那種生活。

回過神時，我已經變成妓女了。

「喂，給我叫！快叫啊，豬！」

雖然想吐，我仍是按照客人吩咐地叫了。

「噗唏，唏，噗唏！」

「哈哈哈哈哈！像真的豬呢，前任·聖女大人啊！」

客人一邊咯咯大笑，一邊從後面持續侵犯我，簡直就是真正的豬似的。

「真是活該吶！妳這個悖德者！」

客人一邊撞擊腰部，一邊拍打屁股。

……真慘，好想死掉。

不過，懊悔之情卻在這之上。

我明明是為了幸福而生的，為何會變成這樣呢？

我無法認同現實，不願就此結束。

尊嚴被剝奪，被當成豬對待，就這樣不幸地死去……這種事我絕對不要。

我要幸福地活著，幸福地死去。

所以。

「請，請給……請給我，小孩……小孩……請，給我……」

我如此懇求，不是枕邊蜜語，而是真心話。

想要小孩子。

因為這正是愛的結晶。

只要有愛，人就能變幸福。只要有愛的結晶，我就能變幸福。

所以我想要小孩，想要嬰兒。

……其他妓女用憐憫目光看著這樣的我。

「就算懷上小孩，也不會變幸福唷。」

「因為一懷孕就會被打掉吶。」

她們也尋求著愛，跟我一樣。

不過，大家都在得到愛的同時被剝奪了。

我也是如此。好不容易到手的幸福，又在生下前死掉了。生小孩是不被允許的事。

「……如果壞掉就好了。」

那個被掏挖出來，我一邊凝視不斷溢出的紅色液體，一邊如此低喃。

一邊回想我還被稱作聖女的那個時候，對構成記憶的所有事物抱持漆黑色的情感。

「村子跟人們，還有神明都是，連我的世界也——全部，壞掉吧。」

——聲音以重合的形式響起，疊上流入腦海的女聲。

這是現實帶來的聲響。

「————唔！」

恢復意識的同時，雷昂品嘗到強烈的緊張感。

就在眼前，妓院的牆壁遭到破壞，許多豬人進入室內。

牠們將眼睛望向這邊。

「噗嘰！」

發出豬叫般的聲音，猛然襲向這邊。

「嘖……！」

實在是過於唐突，實在是太過出乎意料，實在是過於……危險。

「要應戰了！擺出架勢！」

「是、是的，師父！」

愛莉絲向後退，伸手摸向背在後面的弓。

雷昂站在她前方，以守護她的形式瞪視緊逼而來的豬人們。

——交戰。

愛莉絲展現出壓倒性的才能，雷昂有如野獸般躍動。

襲擊者果然被瞬間擊斃，狀況被引導至終結局面。

「……為何會變成這樣？」

雷昂不明白這件事，自己應該沒犯下失誤、讓豬人們察覺到我方的存在才對。

然而為何——就在他對現況感到懷疑之際。

背後再度響起破壞聲，接著又有新一批的複數豬人進入室內。

「……唔！要到外面去囉！」

兩人通過方才處理掉的那群敵人弄出來的大洞脫離妓院。

就像在那前方埋伏似的。

「噗唏，噗唏，噗唏！」

湧向這邊，許多豬人們湧向這邊。

「怎麼會……！」

豬人明明沒呼喚同伴，為何牠們會過來自己這邊？

路線選擇得很完美，我方的存在也沒被察覺。明明是這樣才對，為何會！

「師、師父！請下達指示！」

「……唔！」

聽到愛莉絲像是悲鳴般的聲音，雷昂切換思緒。

疑惑的答案云云，這種事現在怎樣都行。

採取何種行動才能跟愛莉絲一起生還，思考此事才是第一優先吧。

然後他推導出來的結論是——

「從現場撤離！」

雷昂一邊與愛莉絲遁逃，一邊將所有神經集中至耳朵那邊，試圖突破漸漸成形的包圍網。

然而……他的行動悉數失敗了。

無論何事都是無法理解的狀況。豬人們至今連一次都沒呼喚過同伴，然而不知為何，連位於遠處的傢伙都朝這邊前進了。

雷昂定睛觀察，只見牠們的眼眸有些空洞……**就像被某人操控似的**。

「該不會是……！」

雷昂有印象，四年前發生在聖都的慘劇，與當時目睹的光景如出一轍。

所有「魔物」都有著空洞眼神，宛如被**那傢伙**操控般行動著。

「在場嗎……!?在這裡……！」

那傢伙正將吾等逼入絕境。雖然如此確信，卻無法找出對方的身影。

雷昂他們終於被追趕至那邊了。

雖不明白這樣做有何種企圖……但就結果而論，**那傢伙**替自己帶路了。

將雷昂等人領至牠們的女王那邊。

大廣場——位於同類相食村中央的那兒，正是女王的王座。

膨脹的茶褐色巨蛋，被無數親生小孩包圍的她果真很幸福嗎？

淪落成那副模樣還能說是幸福嗎？

曾被稱之為聖女的她，如今是——巨大的怪物。

肉體足以填滿半個大廣場，軀體是由無數乳房構成的，而且不停噴灑母乳。

那邊長著十隻手腳，形狀簡直就像是昆蟲似的……還具備著生殖機能。

所有手腳上都有著大量洞穴，它正是女性的陰部本身。隨侍在女王身邊的豬人們聚集在那邊，大家都一樣不斷扭著腰。

總是搾取著精子，接納精子，讓精子著床……再從背部伸出的無數產卵管生下小孩。

這一定就是她找到的、愛情的形狀吧。

「我、我、我的，的的的的，小，嬰兒啊啊啊啊……」

女王一邊發出變態吐息聲，一邊用視線確認兩人的身影。

在那瞬間，青藍眼瞳寄宿了攻擊性。

「這是最惡劣的發展吶。」

即使身處絕境之中，屍人的面容上仍然沒有任何表情。

然而，確切的恐怖卻在心中不斷打轉。

其證據便是，打從剛才雷昂的手邊就有如痙攣般不斷顫抖著。

「不、不想死在，這種，地方……！」

愛莉絲也渾身發抖，體現著自己的內心。

然而寄宿在眼中的卻是無限大的勇氣，有的只是無論如何都要生還的念頭。

「噗嘰，嘰，嘰嘰！」

不久後，以女王對象不停扭著腰的眾豬人，一個又一個地停止動作……

牠們瞪向這邊。

「……要在寡不敵眾前打倒女王，這是吾等生還的唯一可能。」

敵人有一大半都是女王生下的孩子吧。既然如此，母親死亡時孩子也會同時喪命。

問題在於要如何殺掉女王呢？是否成功盡在此舉，然而……

「她會優先考慮到自己的小孩，因此應該會優先殺掉攻擊卵的人才對。這股意志也會傳達給其他豬人……敵意會集中在那邊。」

雖然抱有迷惘，雷昂仍是將握在左手裡的來福槍遞給愛莉絲。

「用這把槍不斷攻擊卵，趁妳被盯上時，我會做好攻擊的準備。」

把她當成誘餌吸引豬人們的注意力，這正是苦澀的決定。

只要進行順利，就有可能逃離這裡……但另一方面，如果失敗的話。

不難想像女王會對狙擊卵的無禮之徒下達何種制裁。

愛莉絲腦中也浮現著那幅光景吧，然而即使如此——

「明白了！請交給我！」

她仍是毫無迷惘地立刻回答，寄宿在那對眼神裡的思念，跟昔日師父與師兄對自己投注的情感一樣。

我相信你。我相信你這小子。

……四年前的某一天，屍人背叛了這份情感。

然而，也正是因為如此。

（不會有第二次了。弱小的自我已經死去，就算是為了證明這件事我也要……！）

決心火焰寄宿在雷昂眼眸，下個瞬間。

「噗咿咿咿咿咿咿咿咿咿咿咿咿咿咿咿咿咿咿咿！」

豬人從四面八方一湧而上。

人數多到令人絕望。對膽小的愛莉絲而言，那是足以令心臟停止跳動的光景，然而——

「我要上了，師父！」

即使全身顫抖，眼瞳因淚水而溼潤，愛莉絲依然果斷地踏出步伐。

她朝前方突進，緊握來福槍，接著——瞄準敵人的空隙狙擊。

釋出的子彈漂亮地貫穿茶褐色的蛋。女王產下的一個生命失落了。

「噗嘰呀啊啊啊啊啊啊啊啊啊啊啊啊啊啊啊啊！」

同仇敵愾的敵意全部集中在愛莉絲身上，廣場上的所有人都襲向一名少女。

她的未來全都受到自己的行動左右。雷昂明白這一點，所以他也行動了。

「承受吾之鐵鎚吧。如此一來汝之罪行會在一擊之下粉碎破裂，替世間帶來真實。」

口誦聖句，沉澱心情。接下來要實行的戰鬥行動特別需要集中力，因此必須從腦中排除所有雜念。

沒錯……就連弟子即將迎來殘酷下場的模樣也一樣。

「背負天秤之人啊，將自己的心放上天秤吧。右邊是信仰，左邊是人格，其均衡為美德，其不均衡為悖德。當那人被聖火灼燒之際，祝福與他同在。」

愛莉絲應戰著，拚命地動著四肢。

那是宛如奇蹟般的模樣。死線近在眼前，讓她的天賦迎來開花結果的瞬間吧。豬人大軍從前後左右淹沒視野，牠們全身躍動，緊逼而來試圖壓扁愛莉絲，然而其攻勢卻悉數以失敗告終。

她以身輕如燕的身法躲開襲擊，不斷射擊蛋，達成自身的使命。

那副姿勢有如美麗的蝴蝶般，同時也像是凶猛的蜜蜂。

然而……她畢竟只是人類，只不過是尚未成熟的菜鳥冒險者。

極限即將到來。

「呼……呼……呼啊……」

呼吸紊亂不堪，額頭浮現水珠般的汗水。

情況九死一生，她的命運何時終結都不足為奇。

然而，就是因為如此。

雷昂從自己心中抹去愛莉絲的存在。

為了拯救弟子，他故意捨棄了弟子。

然後——

雷昂朝前方用力伸出義手，用義腳牢牢地踩穩地面。

紅眸中只映照著應該要擊斃的「魔物」，捨棄一切混濁的心編織出詠唱。

「吾以哀悼斷罪，維爾克拉斯特的一擊，至高的閃光，黑龍王的咆哮。」

義手義腳呼應清亮音色釋放閃光，下個瞬間，它們化為群體有如生物般蠢動，重複結合與變異，最終化為形體的事物是——

巨大的炮。

「鋼武術式展開，第壹魔裝：清廉殉教者之神威(all·for·one)。」

那是他擁有的最強殺手鐗，是第一號魔裝，也是必殺招式。

鋼鐵右腕與左腳融合，形成巨炮的那個時候，釋出了特別強烈的金色光輝。

「以聖火淨化汝之靈魂，將汝引導至主的膝下。伊阿·庫托爾·修達古(誠心所願)。」

他釋出收尾的聖句，然後——發射(blast)。

巨大炮口伸出金色光柱，那是擊滅所有強敵的神聖大火，同時也會擊碎屍人這個發動者的肉體的破滅一擊。

拜託名工匠·艾蜜麗雅加工的義手與義腿，是用理論上究極的戰術兵器為概念製造而成的事物。

祕藏其中的力量龐大無比，但另一方面使用者的安全性可以說是零。

舉例來說，這個壹號武裝在發動的同時，不只超乎常軌的熱能會灼燒使用者的全身，超音速射擊速度產生的衝擊波更會撕裂肌肉令骨頭破碎，連五臟六腑都會遭到破壞。

正是因為如此，它並不是人類應該要使用的武裝。

是擁有非人再生能力的屍人才被允許駕馭的頂級裝備。

因此，艾蜜麗亞將它取名為魔裝。

果然。

女王像是豬的頭顱被光柱吞沒——從這個世界上消失了身影。

「不、不愧是，師父……！」

愛莉絲送出讚美，無數豬人倒在她的周圍。

以成群三級「魔物」們為對手別說是生還，甚至還擊斃了半數以上。

「不如說應該被稱讚的人是妳才對，妳真的是了不起的傢伙唷。」

然而，這樣的她也跟雷昂一樣處於滿身瘡痍的狀態。

如果行動稍有遲緩，或者發生某種意外狀況的話。

最惡劣的未來就會襲向兩人吧。

（如果是過去的我，就無法克服這個局面。）

（只會喀噠喀噠地發抖，什麼都做不到，連僅有的勇氣都擠不出來。）

（只能遺憾地大吼，一邊慘不忍睹地死去吧。）

（然而，事情並未變成這樣。我無疑是成長了。）

（我的確接近師父跟師兄了。如果是現在的我，或許能把**那傢伙**——）

雷昂一邊帶著感慨，一邊把手伸進腰包裡摸索。由於發動了壹號魔裝之故，他的「聖源」正處於枯竭狀態，照這樣下去他連站都站不起來。

雖然想要進行補給，不過因為自己討伐了女王，因此眾豬人很快就會化為腐汁吧。

既然無法攝取牠們的血肉，就只能仰賴這個了。

雷昂從袋中取出一個皮袋，它的前端裝著又硬又尖銳的注射針……可以將裝滿袋內的「魔物」血液輸進體內。

雷昂將針刺進右大腿那邊，將內容物流進自身的肉體中。

接著，雖然只有一點點，「聖源」還是受到補給，身體狀況也隨之恢復。

「……至少可以返回聖都吧。」

大大地做了深呼吸後，雷昂一如往常向斃命者獻上話語——

話即將出口的瞬間。

他感受到強烈的不自然感。

「……沒有，液態化？」

死去的「魔物」會化為腐汁，然而倒伏在地的「魔物」，以及失去頭顱而毫無動靜的女王卻依舊維持著形態，意味著的事實即是——

「我，我我，我我，我我我我……」

並沒有，結束。應該要喪命的女王就在此時搖晃巨軀——

脖子伸出無數個**物體**，就像要填補失去的頭部似的。

那是又小又迷你的豬頭。

牠們自顧自地隨意發出聲響，聚集在一起，漸漸形成新的頭部。

認知這副姿態的瞬間，雷昂察覺到事情的真相。

「這隻豬人女王，並不是單一存在變成的嗎……！」

墮落為悖德豬玀的可悲聖女，只不過是牠肉體的一部分吧。

追尋愛情、卻不斷被剝奪的妓女聚合體，這正是豬人女王的真面目。

「噗，噗嘰，噗嘰！」「嬰，嬰，嬰嬰嬰嬰！」「我，我我，我我，我我我我我我！」

無數頭部釋出四分五裂的話語，然而牠們卻寄宿著共通的意志。

沒錯——就是繼續排除入侵者的命令。

「唔！快逃！」

雷昂大吼，卻只是白費功夫。滿身瘡痍的她無計可施，被豬人們抓住。

「嗚啊……」

她輕聲發出悲鳴，纖細肢體裸露而出。

豬人們沒有殺她。

牠們剝下她的輕裝備，讓她赤身裸體，再推倒至地面。這樣做後，牠們成群圍住她……

有如要展示給愛莉絲看似的，用力挺出勃起的男性器官。

「唔…………！」

有如手臂般粗大，像岩石般堅硬的那個東西，在眼前一漲一漲地脈動著。

愛莉絲凝視窮凶惡極的它，只能牙關喀噠喀噠地打顫。

窮途末路的弟子就在眼前——屍人束手無策。

「咕……！」

雷昂被許多豬人拘束，整個人被壓在地上。

要讓雷昂眺望同伴被汙辱漸漸壞掉的模樣，再慢慢地玩弄虐殺他。

豬人們忠實地遵守女王的這種意志。

「為何，會這樣……」

有如吐血般編織出來的話語……正是對自己的強烈憤怒。

豬人們的臂力極強，不可能甩開這道束縛。

如果是常人的話會是如此吧，然而雷昂是非人者。他應該能震飛壓住自己身軀的眾豬人，拯救面臨絕境的愛莉絲才對。明明應該擁有這種程度的力量——

「快動……！快動……！給我動啊……！」

不行，全身都使不上力，只能發著抖。

這是為何？

因為會死掉。以愛莉絲的生命做為交換，一旦行動自己就會死。

這個確信阻礙著雷昂的動作。

「是在……！我是在，做什麼啊……！」

身體與心靈都被恐懼支配。

他十分明白應該要採取何種行動。

要拯救愛莉絲，以犧牲自己的性命為代價。

非這樣做不可，沒有除此之外的答案。

然而，雷昂卻只能膽怯地顫抖。

跟那時一樣。

與四年前的慘劇一樣。

——即使歷經四年的歲月，不斷累積活地獄的體驗。

——自從失去一切的那天起，打從破壞一切的那個瞬間開始。

——我仍是沒有半點成長。

絕望與失望開始染白屍人的腦海，就在此時。

「噗嘰，噗嘰嘰！」

女王的頭部下達新的命令。

動手——牠是這樣說的吧。包圍愛莉絲的豬人們動了起來。

一人抓住她纖細的手臂，將她控制住，另一人……撐開了雙腿。

「嗚，嗚嗚……！」

眼瞳瞪大，因淚水而溼潤。

豬人膨脹的傢伙抵住她裸露而出的那邊，上下磨蹭。

就像在宣布接下來要把妳侵犯到死似的。

即使這樣的她就在眼前，屍人還是只能渾身顫抖。

「師，父……」

此時愛莉絲發出呼喚聲，一邊望向雷昂。

如果她是要責難軟弱的師父……那該有多好啊。

愛莉絲深綠色的眼眸沒有一絲一毫這種情感，不如說甚至還——

「請快，逃走……！」

事已至此，占據愛莉絲心中的仍是對師父無償的愛。

不顧自身安危，滿腦子都在擔心雷昂的性命。

那個思念，那道眼神。

「萊那……！」

令他聯想起自己背叛的那傢伙，守護不了的那傢伙。

「唔，咕嗚……！」

心中不斷溢出強烈情緒。

然而……即使如此還是動不了，無法控制恐懼。

有如在嘲笑這樣的他似的，在下個瞬間。

「噗嘰咿咿咿咿咿咿咿咿咿咿咿咿！」

女王發出叫聲，少女的悲劇與怪物們的喜劇也同時開幕。

就在無力又愚昧的屍人面前。

「住手……！」

會被弄髒的，在下個瞬間愛莉絲就會被弄髒。

是自己害的，是自己把她擺在身邊害的。

「住手，啊……！」

時間簡直像是被無限延伸似的。

在靜止的世界裡，雷昂只能細細品嘗自己的罪行。

混帳，混帳混帳混帳混帳混帳混帳混帳混帳……

到頭來我無法成為任何人。

無法成為守護者，也沒能成為救星。

甚至無法達成自己與那傢伙的約定。

我。

我，這種貨色──

「嗯、嗯，是呢。你是笨蛋，真的讓人很不爽。」

就在此時，雷昂腦海中響起聲音。

「絕境中必有活路。」

「不要被萬念俱灰的心態支配，貫徹反抗到底的意志。」

「如果你心中有著人類的光輝。」

「極限這玩意兒是不存在的。精神可以凌駕肉體，思念之力會將你引導至勝利之路。」

「……我這樣教過無數次了吧，你這個蠢蛋。」

叱責屍人的聲音，其主人是——

「雷昂，你已經不是撒嬌的弟子了。」

「既然成為師父，就有應該要完成的責任。」

「自身的情感，念念不忘的心願，自己應盡的義務，你應該明白才對。」

「別被無聊的自我厭惡困住，吼出你的意志吧。」

「你想對弟子怎麼做？想怎樣對愛莉絲？」

力量泉湧而出。

她的聲音打碎灰心念頭，溶去恐懼，然後——

將雷昂引導至正確的方向。

「我想，守護她……！即使這種事不被允許也一樣！即使我做不到這種事也是！我！我非守護那個女孩不可！」

心白熱化。

回過神時，右手已伸向腰際。

握住聖劍的劍柄。

「這次就網開一面吧。」

「真是的，不管過了多久，你這弟子都讓人費心吶。」

嚴格又溫柔的聲音傳進耳中，一名女性浮現在腦海中。

雷昂．克羅斯哈特大吼。

「眾邪惡者啊，畏懼吾威吧！」

那個詠唱，是昔日師父拔出聖劍時會編織的話語。

果真在下個瞬間。

緊握手中的劍柄，動了。

僅是微微拔出一點而已，真的只是稍微露個臉的程度，即使如此。

黑與金構成的神聖劍刃，瞬間抹消了墜入魔道的人們。

閃光。

那是伴隨著威能的光。

光輝埋盡視野，卻在眨眼程度的短暫時間中消失——之後留下的就只有雷昂跟愛莉絲，還有女王的頭部。

曾在現場的無數豬人還有茶褐色的蛋，已經消失得無影無蹤。

聖劍威光連根拔除地消滅了牠們的存在。

「嗚啊，啊，啊啊啊啊啊……」

漸漸溶化，無數頭顱累積而成的女王頭部漸漸溶化。

青藍眼眸流下血淚。

「啊，啊啊，啊啊啊啊啊……」

只剩下最後一顆小小頭顱。

雷昂站起身軀，默不作聲地接近她。

拾起掉在地上的來福槍後。

「我的，小孩……」

雷昂擊穿她流著血淚的頭顱。

守護小孩的母親，然而卻不是只有她展現出這種尊貴身影。

我也是如此，為了守護弟子而殺掉你們。

我不謝罪，相對的，我會獻上祈禱。

讓升天的靈魂得到救贖。

「——願汝等安息，永遠得到救贖。」

雷昂肅穆地編織話語，然後……脫下黑大衣走向愛莉絲那邊。

「暫時湊合一下吧。」

他把臉龐轉向一旁遞出外套，愛莉絲急忙將它穿上。

「都結束了，對吧……？」

「……嗯嗯，確實是吶。」

如此回答後，雷昂望向吊在自己腰際的聖劍。

「那聲音無疑是……」

雷昂正要遙想，卻被愛莉絲的聲音打斷。

「那、那個，師父……要快點離開嗎？」

就她的立場來說，連一秒鐘都不想多待吧。

剛才被豬人們糟蹋，或許變成了心理創傷。

如此心想後，雷昂迅速中斷思考。

以她為第一優先地行動了，連自己也嚇了一跳。

「站得起來嗎？」

「對、對不起，或許很難……」

「是嗎？那就上來吧。」

雷昂在愛莉絲面前轉過背部，蹲了下去。她最初不知如何是好……到頭來卻仍是用手繞住他的脖子把體重放了上去。

就這樣，屍人邁開腳步。

一邊拖行左腿，一邊背起無法動彈的弟子。

「哇啊……！好、好猛的光景呢……！」

看樣子聖劍似乎消除了這村裡的所有「魔物」。

牠們留下無數顆「生證石」，而且它們正散發著光輝。

「只用了一瞬間就將那麼多『魔物』……！師父果然厲害……！」

「不是我，是聖劍之力。再補充說明一下，它並不能毫無限制地行使這種力量。」

「欸，是這樣子的嗎？」

「嗯、嗯，聖劍的力量是有限的。每次發動能力都會漸漸失去力量……最後就會變成一把單純的利劍。要再次行使異能就得收回鞘內，貯存力量才行。」

「現實中的聖劍跟童話裡的它不同呢，即使如此…………」

一邊凝視眼前這副模樣，愛莉絲一邊說道。

「聖劍創造出來的這幅光景……真的很夢幻呢。簡直像是要照亮我們的道路似的。」

證明曾經生而為人的石頭，無數的它們滾落在地一起發出光輝，其模樣只能用一句華麗無比來形容。

這副絕景讓愛莉絲的心變得多愁善感了嗎？

「……這次我也變成了師父的累贅呢。」

「不對，因為有妳在，才會有這種結果。」

那道聲音裡，有著連他自己也嚇一跳的沉穩與溫柔。

這讓愛莉絲吃驚地瞪大雙目，接著，她有些開心地露出微笑。
「我要變強，變得更強更強……然後我要守護師父。」
跟她在艾蜜麗亞的工作室時編織出來的話語一模一樣。
然而，寄宿在她聲音裡的情感，以及從身體傳來的暖意卻令雷昂的心為之融化——
「我信任妳。」
這次的這句話毫無作偽，是真心話。
「直到妳得到力量，能夠獨當一面前，我會保——」
就在他打算率直地說出自身情感的前一瞬間。
「你沒那個資格。」
潛藏於內心的自我厭惡感不允許他更進一步。
（想要守護這個女孩……）
（然而，我果然還是……）
屍人的魂魄被名為過去的鎖鍊束縛著。
因此即使雷昂有意識到自己的情感，卻還是無法將它說出口。
「師父？你怎麼了？」
「……不，沒什麼。」

搖搖頭後，雷昂用另一句話取代方才沒能傳達出去的話語。

「我很期待妳的成長，快點超越我吧，**愛莉絲**。」

雷昂說出了不痛不癢的臺詞。就他所見，就只是這種程度的認知，然而……不知為何，此時愛莉絲卻渾身一震。

「師、師師師，師父……！剛、剛剛剛，剛才，剛才……！」

「……怎麼了？我說了奇怪的話嗎？」

「呃，不，不是這樣，的呢……師父沒察覺到嗎？」

「…………已經沒有敵人的氣息了呢？」

「不對，不是這樣子的啦！」

一邊在銀鈴般的聲音中寄宿著興奮，愛莉絲一邊大叫。

「剛、剛才！師父！第一次！叫了我的名字耶！」

「…………是這樣子的嗎？」

「是這樣子的喔！師父總是妳妳妳的叫我！所以我暗自感到難過呢！」

「是嗎？」

「不過……欸嘿嘿，師父第一次叫了我的名字耶。」

是相當開心嗎？愛莉絲變得比平常還要厚臉皮了一點。

「那、那個！再叫一次！可以再叫一次嗎!?」

……如果回應這個要求，自己跟她的關係就會變得更加深入。

雷昂抱持著這種預感，因此他可以理解。

之所以不叫她的名字，一定是因為這就是自己的最後一道防線吧。

一旦繼續前進，就再也無法以陌生人自居了。

所以才下意識地避免叫名字。

……自己沒資格守護他人，也沒資格與別人深交。

雷昂沒辦法無視這種自戒。

可是，然而。

就算沒資格，卻有著義務。有義務要讓這個女孩幸福。

「……愛莉絲。」

雷昂揮開自我厭惡，叫了她的名字。

如她所願。

「欸嘿……！欸嘿嘿嘿嘿……！」

愛莉絲發出可愛笑聲，一邊露出靦腆笑容。

耳中聽著她的這種聲音，令人產生難以言喻的心情。

所以雷昂他。

「再、再一次，拜託……！」

「愛莉絲。」

「呵呵，呵呵，呵呵呵呵呵。再、再一次！」

「愛莉絲」

「呵呵，呵呵，呵……再一次！」

「愛莉絲。」

雷昂一邊回應要求呼喚她的名字，一邊心想。

（我從這女孩身邊奪走了母親。）

（雖說是救贖，卻是難以改變的事實。因此我必須繼承下來才行。）

（繼承愛莉絲她母親做不到的事，繼承讓愛莉絲幸福的義務。）

所以，這不是為了自己而做的事。

雷昂一邊在心中響起這種像是藉口的話語。

「愛莉絲。」

「唔呵，唔呼呼呼呼……！」

對露出幸福笑容的她暗自起誓。

我再也不會背叛妳了，絕不會。

要實現妳的所有心願。

再也不會讓妳傷悲。

——直到實現約定的那一瞬間到來為止。

◇◆◇

「嗯～～，完全忘記了吶～」

在上空，連星光都被遮掩的純白世界裡。

[redacted]俯視著他們。

[redacted]展開從背上長出的純白羽翼，唯我獨尊地支配著天空。

「足以忘卻**宿敵**存在的，強烈愛情，嗎……哈哈，令人嫉妒呢。」

[redacted]瞇起**紫色眼瞳**，一邊遙想此事。

雖然覺得命運的紅線云云只是虛妄之言……

但這回或許是真相也不一定，[redacted]如此思考著。

「真的很巧呢。上次是如此，這次也是……不躲起來的話，就完全撞個正著了。」

卡爾那村的事件，是為了測試自己的力量恢復到了何種程度。

而這次在同類共食村，則是在自己剛想要確認完全恢復的力量時，他就過來這裡了。

■■■覺得這是一個好機會，為了測試自己跟雷昂的力量，他玩了一場遊戲。其結果……正如**自己所期待**的可悲至極。

「這四年間到底是在幹麼啊，沒表現出半點成長。不過，這樣就行了。就是要這樣殺掉才有意義，膽小又可恥的他才值得一殺。」

■■■吊起嘴角，在美麗容顏上寄宿邪惡笑容。

然後他——

「**當時的**創傷已完全癒合，沒有任何地方有問題。」

朝向在眼底下背著弟子步行的男人。

朝雷昂・克羅斯哈特。

■■■紅暈上頰做出宣言。

就像對心愛戀人低聲囁語詛咒話語似的。

「……容我再次拜見**你**那張在地獄深處受苦的表情吧。」

【EPISODE III】安詳的屍體與笑著的少女以及……降臨的天使

Only I know the Ghoul saved the world

——被填滿了。

——空虛的心靈，應該要如此的心靈被填滿了。

——她給予了自己曾經以為再也得不到的安詳。

——她的笑容是如此耀眼，惹人愛憐，因此。

——不由得如此祈願，希望這種日子能永遠持續下去。

——然而。

——命運果然不允許這種事發生。

返回後的隔天。

如果是平常的話，按照流程吃完早餐後會略做休息，接著在地底進行訓練。

不過今天是工作後的頭一天，因此成為了假日。

話雖如此，也不表示可以在床上無所事事地消磨時間。休息時不活動身體會令身心變得遲鈍，並非最好的做法，雷昂是這樣說的。

因此，休假日變成一邊打掃房屋一邊放假。

「師父～的房間～♪師父～的房間～♪」

打開門扉，如今就要前往他的私人空間。

雷昂房內幾乎空無一物，只有一張小圓桌跟床鋪。

愛莉絲立刻開始打掃這樣的室內。

首先是掃地，把圓桌上的小髒汙擦掉後，她走向床鋪。

「這個是……照片？」

枕邊孤零零地擺著一張照片，映照在那上面的是「救世」的同伴們（party・member）。

少年……萊因哈特笑著用手指吊起雷昂的嘴角，硬是讓他做出笑容。

其容貌可說是絕世美顏，再加上及腰的銀色長髮，給人中性的印象。

雷昂鬱悶地瞪著這樣的他……還有一名美女雙手環胸、面露微笑地看著他們。

她就是庫蕾雅，是前任「救世」，也是雷昂之師。就女性而言很高䠷的身材與擁有灼熱色彩的頭髮相當特別，其氛圍正可說是成人美女……

那副容貌雖然也值得羨慕，不過最吸引愛莉絲目光的是——

「明明穿著寬鬆衣物，卻有這種分量感……！不會錯的……！就是這個人……！師父會喜歡巨乳就是因為這個人……！」

第二代「救世」以超規格的力量為傲，不過胸部的大小也是超規格。

「唔唔唔唔唔……！我、我總有一天一定也會變得這麼大的！我才沒有輸呢！一點也沒有！」

總之先把喝牛奶的量加倍吧，然後也仔細地做胸部按摩。

「……話說回來，總覺得這個人……」

昔日乍看之下時沒有產生的印象。

這個名為庫蕾雅的女性**長得很像某人**，不過是像誰呢……

「唔嗯～～～」愛莉絲一邊沉吟一邊思考，事情就是在她這樣做時發生的。

喀噠一聲，聲音響起。被那道聲音弄得分神，愛莉絲中斷思考，望向音源處。

「呃……記得是聖劍・卡利特＝凱利烏斯吧？」

靠在牆邊的一柄長劍，聖劍・卡利特＝凱利烏斯。

收納在漆黑劍鞘裡的它，讓愛莉絲產生不可思議的感慨。

「……是在呼喚我嗎？」

不知為何愛莉絲有這種感覺，有如被吸過去似地走近聖劍。

「我是怎麼了……居然未經許可就觸碰師父的東西……」

愛莉絲明白不該做出這種無禮之舉，也對此有著抗拒感。

然而不知為何，愛莉絲卻忍不住想抱住這柄聖劍。
「是怎麼搞的……感覺就像被媽媽摸頭似地……」
不可思議的感覺裹住全身，有點像是母親的祝福——
就在此時，他的聲音有如趁愛莉絲不備似地響起。
「被那把劍選上了嗎？」
背後飛來師父的聲音，這讓愛莉絲身軀倏地一震慌了手腳。
「對、對不起，師父！」
「……為何道歉？」
「呃、這個，因為我擅自碰了師父的所有物……」
「不用在意，這裡沒有被妳碰了我會困擾的東西。」
語氣雖然冷淡，聲音中卻寄宿著溫柔。
「……妳果然擁有足以繼承『救世』稱號的才能吶。」
「欸？」
「那把劍會選擇使用者，因此沒有器量之人甚至會無法觸碰它。」
雷昂語畢，將視線從聖劍那兒移至愛莉絲身上。
「……要試看看嗎？」
「欸？試、試試看？」

「如果是妳的話，或許能拔出聖劍。」

「不、不不不！不可能的啦！我這種人！」

師父都拔不出來的東西，自己不可能拔出。

愛莉絲如此確信著——然而下個瞬間，腦海裡再次響起聲音。

「試試吧。」

是溺愛孫女的祖母，不知為何愛莉絲有這種印象。

這種心情是怎樣啊？愛莉絲抱著難以言喻的感覺，一邊使勁緊握劍柄。

接著。

「啊！」

聖劍從鞘中被抽出，甚至輕易到讓她不由自主發出茫然叫聲的地步。

「哇啊……非常地，美麗……」

它有著魔性般的美麗，連不是武器愛好的愛莉絲都被迷住了。

她凝視由黑與金構成的劍身，感受到魂魄會被吸進去的危險感觸。

「……原來如此，與妳的相遇或許就是……」

耳中傳來師父的聲音，愛莉絲猛然驚醒。自己身為弟子卻無視師父拔出聖劍，這不就是讓他沒面子的行徑嗎？現在不是沉醉於美麗劍身的時候。

「這、這是，呃……一、一定是有地方搞錯了！」

「不，聖劍不會有錯。妳被聖劍卡利特＝凱利烏斯選上了。」

沉穩紅眸中寄宿著某種感慨。

「……有妳當繼承者，我就可以放心了吶。」

話語從嘴中喃喃漏出，讓愛莉絲感到危險氛圍，簡直像是老爺爺接受自身之死的那種既清澈卻又悲傷的模樣。雷昂如今看起來就是如此。

「師父……？」

究竟是在思考什麼呢？雷昂沒回答這個提問，而是閉上眼瞼……

「萊那跟師父兩人還活著的時候，我對聖劍有著執著。我想要追上那兩人，想要被認可，覺得想要達到目標就必須拔出聖劍。然而不論經過多久，那一刻都沒有到來……我甚至還怒，可是現在——」

雷昂一邊輕撫愛莉絲的頭，一邊說道：

「就算妳若無其事地做到此事，我也完全沒湧現羨慕的情感。既然妳能做到，我就沒必要成為聖劍的使用者。」

沉穩聲音中果然寄宿著像是老爺爺察覺死期將至的情感。

「……聖劍尋求的一定不是這個答案吧。」

最後輕聲低喃的話語傳進耳中，愛莉絲頓時察覺到聖劍的意圖。

寄宿於此劍的意志為何讓自己拔出刀身？那並不是因為它把愛莉絲這名少女

視為使用者加以認可，而是讓她這樣做藉此向雷昂傳達某件事。簡直像是師父指導弟子似的。

然而，雷昂知道這份苦心——卻沒試著去體會。

「差不多要中午了，去吃飯吧。然後要離開宅邸外出喔。」

「要出門嗎？去哪裡？」

「工作室。」

用簡短的一句話告知的那句話語。

是讓她雀躍興奮的內容。

「要去拿妳的專用裝備喔，愛莉絲。」

◇◆◇

「…………………………………………滅亡吧，人類。」

這裡是武器販賣店安·布雷卡普爾（unbreakable），在它附設的工作室裡。

一個女人躺在地上口吐詛咒話語，其雙目有如死魚般混濁。

「還以為總算可以好好睡上一覺了結果卻是這個說真的少開玩笑了混帳外行人連工匠的工作是啥都搞不懂就擅自決定交期少給我擅自往下談啊王八蛋那些小子

是叫我去死嗎是叫我去死嗎你們這些狗屎人渣才給我去死。」

她挺抓狂的，不管是誰都能一眼看出……然而，雷昂仍是毫不客氣地——

「艾蜜麗亞起來，我過來拿專用裝備了。」

「…………唉————」

艾蜜麗亞大大地嘆了一口氣。

「……放在那邊的東西就是，拿著快滾吧渾球。」

工作桌上放著一把弓，以白色為基本色調，隨處散布著紅點。

愛莉絲踩著小步伐小跑步接近那邊，拿起它後目不轉睛地凝視。

「呃，這個把手的部分……是刀刃的形狀，這是怎麼一回事？」

「唉唉唉唉唉唉…………雙手握住把手，試著流人『聖源』看看。」

這個回答就像在說如此一來就曉得了似的，雖然感到疑惑，愛莉絲仍是這樣做了。

然後，紅弦化為粒子狀爆散……握柄分裂。弓變成兩把彎刀。

「只要有這把武器，就能近戰遠戰兩邊通吃。只要在彎刀模式下流入『聖源』，它就會具有削鐵如泥的鋒利度。在弓模式下流入『聖源』的話，就能召喚具有質量的幻影箭矢……基本性能差不多就是這種感覺，剩下的在實戰裡嘗試吧，就這樣。」

說明結束後，艾蜜麗亞又大大地嘆了一口氣，然後翻了個身。

她這副模樣簡直像是屍體似的，然而卻沒有引起愛莉絲的興趣。

「這個東西非常棒呢，師父。感覺像是吸在掌心似的，手感極佳。」

「當然囉，艾蜜麗亞的工作不會出錯。」

雷昂口中吐出讚美，當事者身軀倏地一震。

「……哼，即使擁有神級武裝，使用者技術差勁的話就沒意義了吶。」

「唔，我的確還很青澀，技術卻不差勁！」

「哈，這就難說了。或許只是仗著天賦卻以二流告終唷。」

艾蜜麗亞又翻了一個身，目不轉睛地盯著愛莉絲的臉龐。

「……為什麼不是人家呢？」

聲音細不可辨，吐出幾乎聽不見的那句話語後。

「哎，算了，這個職責就交給妳吧……**拯救雷昂的職責**吶。」

編織出不能聽而不聞的話語後，艾蜜麗亞間不容髮地接著說道：

「雷古提利亞鎮，有印象嗎？」

「……記得那是**殉教派**之街吧？」

「沒錯，殉教派以獨有的角度解釋經典，擅自訂立嚴格到愚蠢的戒律過生活，雷古提利亞就是這些被虐狂豬玀的樂園呢……那邊前陣子被霧吞沒了。」

也就是說人類喪失了住處，同時誕生了新的迷宮。

「如你所知，剛出現的迷宮是未知的聚合體，不曉得躲藏著何物，另一方面也滿地都是『異變遺物』。要名利雙收的話，那兒可是量身訂作的場所。」

「變異遺物」正如其名，是在迷宮內部發生變異，帶有異常性質的物體總稱。

「『變異遺物』是一種物品，只會在迷宮產生時生成。換句話說，迷宮被愈多人類探索，它的數量也會隨之失去的愈多吶。」

話雖如此，卻幾乎沒有冒險者會為了尋求那種物品擁有的莫大價值而踏入剛誕生的迷宮。知道本分的中堅分子當然用不著說，連在欠債入不敷出的笨蛋或是愛作白日夢的菜鳥眼中，情報不足的迷宮都很可怕。

正是因為如此。

將理智拋得遠遠的，實行瘋狂舉動的人才會被人們稱為勇者。

「冒險之鷹你當然曉得吧？」

雷昂點頭同意，腦海裡浮現某個男人的身影。

渾身傷疤的巨漢——維爾哥．薩哈吉。

是從很久以前就認識的熟人，也是擁有「猛禽」外號的勇者。

所謂的冒險之鷹，就是他率領的冒險者隊伍的名稱。

「那些傢伙一如往常地打頭陣，然後漂亮地帶回了『變異遺物』唷。只不過……生還者只有維爾哥一人。」

「……妳說什麼？」

這項消息讓雷昂的紅眸罕見地出現動搖。

「那傢伙沒事嗎？」

「據說被送進診療所時還徘徊在生死邊緣。不過已經沒事了吧。」

「……是吶，那傢伙是殺也殺不死的男人。」

話語雖然冷淡，卻確實寄宿著鬆一口氣的安心感。

艾蜜麗亞點頭對雷昂表示同意後，繼續把話說了下去。

「然後，跟剛才說的一樣，維爾哥把『變異遺物』帶回來了。它是有著奇妙形狀的果實，研究機構試著調查它的異常性，結果發現——」

講到這裡時艾蜜麗亞停頓了一會兒，來回望著雷昂與愛莉絲兩人。

就像在說接下來就是正題似的。

然後，接著從她口中說出的情報是——

衝擊性的內容，足以抹消心中對老友是否安好而產生的擔憂。

「——它能立刻治好『青眼病』，把變成『魔物』的傢伙恢復成人類。那個果實擁有這種力量。」

愛莉絲跟雷昂都只能默不作聲呆立在原地。

「哎，是會有這種反應吶，人家剛聽到這件事時也是嚇傻了。畢竟總算發現未來的希望了呢這件事。」

只要研究那顆果實，發明出能夠重現那種異常性質的藥物，人類就能克服變成「魔物」的病症，或許也能在某種程度上預防被霧吞噬時發生的異變現象。而且——所謂化為「魔物」的人類能夠復原，也就是說——

「師父可以變回人類，是這麼一回事吧？」

先對愛莉絲這句發言做出反應的人是艾蜜麗亞。

「沒錯，這件事也很重要……不過雷昂，你應該明白我想說什麼才對。」

屍人默默垂下視線。

「…………非實現不可的約定，如果其本質打從最初就改變了的話。」

不論發生什麼事都無法改變過去，然而未來卻是。

「……意思是那顆果實至少有一顆讓我自由使用嗎？」

「嗯、嗯，我有讓高層明確地做下約定喔，再來就只要把它弄到手就行了。」

兩人的對答是在何種內心下展開的呢，愛莉絲果然還是不懂。她畢竟只是局外之人，無法介入兩人之間。

然而，這樣就行了，因為現場的意志如今已經統合為一了。

愛莉絲是如此，艾蜜麗亞也一樣，連雷昂都是如此。

試圖積極地走向充滿希望的未來。

就是因為如此——

「要接下這次的工作嗎？雷昂？」

師父肯定艾蜜麗亞的話語時，愛莉絲並未試圖阻止。

◇　◆　◇

「回收『變異遺物』**或是收集情報**，就是這回的工作喔。」

「……情報？」

「嗯、嗯，其實把工作派給你前，教會送了一支回收隊過去唷。雖然所有人都是身手了得的冒險者……」

恐怕是全滅了吧——艾蜜麗亞如此述說。

「如果事情進行得順利，他們應該早就回來了才對，然而卻連一個聯絡都沒有。因此，高層判斷回收隊很有可能是全滅了。」

「所以輪到我出馬了嗎？」

「沒錯，主要目的是回收果實，次要目的是收集敵方的情報。能回收果實的話是最好，做不到的話至少也要達成斥候的使命，事情就是這樣呢。」

之後也是艾蜜麗亞的解說。

這次的任務是以生還為前提，不過即便如此，還是沒有幫手提供戰力支援。做為先遣隊派出去的人們，在教會擁有的人才中也是千挑百選的強者，而他們卻全滅了，因此在教會內變得是以慎重派的意見居多。

「想避免損失更多的人才，就是這麼一回事嗎？」

「嗯、嗯，關於這一點，不論怎麼抱怨高層都聽不進去。」

艾蜜麗亞難受的模樣讓愛莉絲露出微笑。

「兩位果然感情很好呢。」

「……煩耶。」

艾蜜麗亞別過臉龐，那個行動就是最好的答案。

初次見面時表現出來的那種言行，是萬念俱灰的心態使然吧。想要拯救雷昂，然而自己無論如何都做不到這件事，因此乾脆放棄一切接受他的下場。

然而，她心中仍然殘留著希望雷昂被拯救的心情。

這次的工作或許能實現這個心願，因此艾蜜麗亞有如提醒般說道：

「聽好了，雷昂。無論如何都要活著回來喔，就算你得不到果實也一樣。不管要用什麼手段，人家一定都會弄到一顆的。你用不著太拚命，帶著敵人的情報回來就行了……跟那邊的小姐一起唷。」

接受如同懇求般的送行後——兩人離開聖都。

之後換乘馬車，經過數天的移動，雷昂與愛莉絲抵達了那邊。

「這裡就是，雷古提利亞鎮……」

這次已經是第三次探索迷宮了……即便如此，愛莉絲仍是不習慣這種肅殺氛圍。

而且這次的迷宮才剛誕生沒多久，手中幾乎沒有任何情報。

有何種「魔物」在此橫行呢？做為回收目標的再生果實又在哪裡呢？

潛藏在這座城鎮的怪物，擁有何種力量呢？

一切都處於不明狀態，接著就要在這種情況下開始探索迷宮。

——好可怕。眼前這幅迷宮的光景讓愛莉絲打從心底感到恐懼。

不過，就在此時。

「不會有問題的。」

師父站在身旁，一邊輕撫她的頭一邊用沉穩語調如此說道。

「是我們的話，就不會有問題。」

那是毫無作偽的真心話。一感受到這件事，愛莉絲的心就立刻萌發勇氣。

「當然囉～！因為我們是無敵的搭檔嘛！」

聲音跟表情很開朗，看到她這副模樣後……連雷昂的心都湧上一股熱意。
（與愛莉絲的相遇果然是主的旨意吧。）
（主將重生的機會賜予我這個蠢笨的屍人。）
只要得到果實，或許就還有救。
不是自己，而是他，是**那個男人**。
（曾以為只能用殺救贖，然而如今。）
（有了重生這個選擇，能變回人類的這個最佳選擇。）
無論如何都要弄到果實。如果是為了這個目的，不管是怎樣的怪物都要打倒。
與這個可靠的弟子一同。
「走吧，愛莉絲。」
「好的，師父！」
兩人踏出步伐，進入完全未知的領域，走進飄散著死亡氣息的新迷宮。
當然，行進得很緩慢。
仰賴雷昂的聽覺掌握敵方的位置與數量，以先制攻擊為前提進行動作。
看樣子周圍沒有「魔物」……也沒有人類的氣息。
「先遣隊果然全滅了吧。」
喃喃低語後，雷昂望向愛莉絲。

她以自己的方式警戒著四周吧，其視線來回穿梭在四面八方之間。

「……對建築物的異變狀態感到在意嗎？」

「是、是的。這還只是我第三次的探索，所以不曉得這樣是否異常就是了……所有建築物都是白色的，總覺得很介意。」

其他迷宮都充斥著令人聯想到血或是內臟的紅色、或者是黑色。

然而這裡卻如同愛莉絲所言，映入眼簾的一切全是白色。

「我認為迷宮的內觀，會因應它還是人類居所時的風格而改變樣貌。舉例來說，雷古提利亞鎮這裡做為殉教派之街而聞名於世，他們以獨自的方式解釋庫托爾教的經典……也就是聖者·歐格斯記述的書物，試圖藉此過著更符合天主心意的生活。那種態度大致可以說是潔白無瑕無誤。」

「……所以變成迷宮後，一切都變成純白色的了？」

「恐怕是如此吶。殉教派做為象徵色而高舉的顏色也全是白色，他們想要在所有意義上成為白色的存在吧。」

墮入魔道時，這種傢伙就會成為極為恐怖的「魔物」。

「不如說人愈是想把自身染白，就愈是會接近黑色。不留餘地的規定會產生壓抑，令心靈蒙塵……進而變成催生出強大『魔物』的情緒。」

恰好就在此時，隸屬於此鎮，曾做為殉教信徒而生的人們會得到何種形態呢？在前方，牠們自己展現了這個答案。

就在前方，有三個「魔物」站在濃霧之中，那是狼人的亞種黑狼人（black fang）。

前者擁有茶褐色毛皮，相對的後者則是全身漆黑。除此之外還有一個很大的差異。

那就是……眼睛，黑狼人沒有相當於眼睛的部位。

「想以白色自居之人，將自身定義為白色之人，其本質都是黑的……然而，牠們絕不會試圖去看到這個真相，無法看到這個事實，因此牠們是盲目的。」

對他們而言，就算淪落成怪物也依舊是幸福的吧。

因為不論經過多久，牠們都能不去察覺到自己是黑色的存在。

「……愛莉絲，牠們就交給妳收拾。試射一下專用裝備。」

「請交給我吧，師父。」

靜靜地做出回應後，她拿起背著的弓，擺出架勢——注入「聖源」。

瞬間，純白箭矢被召喚至手邊，自動搭上紅弦。

愛莉絲拉滿弓，接著——

數瞬後箭矢釋出，抵達的結局是無聲的射殺。

（完美的射擊，然而更應該吃驚的是，心態的控制力。）

（一旦面臨鬥爭就會同時抑制住恐懼感，達到無我的境界。）

（這正是在勇氣下才能實現的技巧。我跟這個女孩都很膽小……但決定性的差異就在這裡吧。）

其理由為何？她做得到，自己卻做不到的理由是？

……答案果然還是沒有出現。

愛莉絲瞬殺了所有目標。

「這把弓好厲害唷，師父！簡直像是身體的一部分！」

「真正了不起的是妳的技術，愛莉絲。裝備只不過是它的附屬品。」

「欸！是，是這樣子，的嗎？欸嘿嘿嘿嘿。」

在如今的雷昂眼中，被誇獎而開心的模樣很可愛。

感覺簡直像是老爺爺得到孫子似的。

「要繼續前進囉，愛莉絲。」

「是！師父！」

雷昂帶著弟子在魔都中前進，接著……目睹了異樣光景。

「師、師父，這是——」

「是先遣隊造成的，還是『魔物』幹的好事呢？總之不應該輕易靠近吶。」

在街道正中央的雷昂與愛莉絲露出戒心。

其原因是……地面冒出的漆黑火焰。

「如果這是某人的『神祕』，那附近應該會有發動者的氣息才對。畢竟『神祕』是無法長時間維持的吶。可是在我的聽覺感測範圍內並沒有這種對象存在。既然如此，想成是『魔物』留下的事物才妥當吧。」

是何種存在，以怎樣的力量創造了這幅光景呢？

雷昂凝視闇色火焰，一層又一層地思索著。事情就是在這種時候發生的。

漆黑在白色濃霧中主張自我，將存在於他們心中的殘渣送進腦海。

——一直隨波逐流地存活至今。

——做為殉教白色信徒的驕傲，以及對那些黑色傢伙的憎惡，我心中並沒有這種事物。

——優柔寡斷，膽小又懦弱。

——然而，即使是這樣的我。

——也有想要守護的事物。

「噫咿！」

昏暗的教會地下室裡響起可恥哀鳴。

那是從我口中發出的聲音。

「怎麼能讓你，得逞啊！」

就在此時，同伴之一挺身而出擋下逼近吾身的利刃。

那是舉著大盾的金髮美女——耶莉賽·茲維魯古。

厚實鋼鐵擋下凶刃，產生刺耳尖響的下個瞬間。

「喝呀！」

奮勇聲音響起的同時，那傢伙揮起巨劍。

收拾掉最後一個對手後，靜寂造訪了現場。

「呼～，結束了結束了～」

男人扛著大劍，擦拭額上的汗水。他是艾薩克·修塔路森。

是我的好友，我的師父，我的大哥。

我至今仍然癱坐在地，那傢伙朝我伸出手。

「站得起來嗎？夥伴？」

我握住他的手站起身軀。艾茲一邊啪啪啪地拍打我的肩膀，一邊笑道：

「你這傢伙啊，還是一樣狗屎運很強呢。」

耶莉也表示贊同，在成熟美貌上浮現笑意。

「沒在那個節骨眼跌倒的話，就會挨下那一擊而死掉呢。」

「這正是主的恩寵吶，真是令人羨慕。」

……如果能如同字面意義般接受欣羨話語，我的人生或許會輕鬆些吧。

即使我明白兩人並無惡意也一樣，我無論如何都會將那些話語聽成是諷刺。

「……抱歉，這次我也拖累你們兩人了。」

「唉，哎～懦弱病又發作了呢。」

「不管是幾次我都會這樣說唷，拉普。就是因為你足以當我們的同伴，所以我們才會像這樣跟你一起工作喔。」

「對呀～對呀～，不然的話我們就會跟上面交涉，把你換成其他傢伙了～」

艾茲一邊表示贊同，一邊拍打我的肩膀。

「你擁有的那個預知未來的『神祕』，還有只能說是天主恩寵的狗屎運，以及我們所沒有的慎重，不論是哪一個都是不可或缺的要素唷，夥伴。」

……就算被說到這個地步，我還是無法挺起胸膛。

預知未來的「神祕」是自動發動的，是無法控制的半吊子技能。

狗屎運這玩意兒也不曉得何時會用光。

至於慎重，說起來是很好聽，但其實只是膽小而已。

不論是做為兩人的同伴……或是做為代行者，我果然都不夠格吧。

「……如果沒出生在聖堂騎士的家系，我也做不了這份工作。」

兩人這次對我嘆息的身影聳了聳肩。

「好啦～好啦～要自怨自艾的話，一邊吃飯一邊做囉。」

「是啊是啊，我肚子可是餓癟了呢。回總部報告完後，快點換個衣服去吃飯吧。有怨言的話，在飯桌上想怎麼抱怨我都會聽的，好嗎？」

我輕輕點頭，為了走至地面而踏出一步……在那個瞬間，腳滑了一下跌倒了。

滿地都是的鮮血與臟器就是元凶。

「……死後的復仇嗎？」

我一邊摩擦重重撞上的臉龐，一邊環視四周。

情況正是悽慘無比，地上有無數被四分五裂的屍體，散發著死亡氣味。

一想到這是自己這群人的所作所為，雖然早就習以為常，仍是讓我感到不舒服。

「……為何非殺不可呢？」

「因為這是我們的工作，是使命也是驕傲，吧……哎，我也覺得不舒服就是了。」

「為了純白的潔淨世界，要掃除黑色汙穢。身為殉教信徒這是天經地義的美德就是了，呢。」

在此喪命的人們，就是被認定為異端的人們。

他們是用黑色弄髒吾等純白世界的悖德者，因此不能允許其存在。

……小時候盲目相信過的這個理論，如今只覺得它很殘酷。

「就某種意義來說，我們跟異端也一樣吶。」

「所以我們才為了離開這座城鎮而存錢吧？為了在主流派的城市重新出發吶。」

耶莉一邊走近通往上層的樓梯，一邊繼續編織話語。

「在那之前就多多忍耐完成工作吧。殺人雖然很不愉快……但無疑是會拯救到一些人的。」

的確，正是如此。

異端者毫無例外，是會試圖用暴力改變社會的存在。

曝屍現場的這些人，也籌劃著不得了的事件。

如果沒事先擊潰……我們的熟人就會迎來悲慘的下場吧。

「拯救善良的鄰居，就是唯一的動力來源吶。」

我點頭回應，腦海中浮現許多鄰居的模樣。

白雲亭的歐拉爾婆婆把我們當成孫子看待，明明沒點卻會送上炸薯片招待我們。

在南街開舊書攤的比翁西跟我興趣很合，更重要的是他是一個好傢伙。

除此之外還有小道具店的亞莉賽、街頭藝人莫爾克斯、攤販柯拉爾等等，許多鄰居的生命都被這次的工作守護下來了。

如此一想，就稍微能對我們的行為挺起胸膛感到自豪。

……話雖如此，我並不打算長久做下去。

我們總有一天會離開這座城鎮，在新的場所、適合自己性子的地方過著更棒的人生。

艾茲與耶莉，還有我，就這三人要一起生活。

「好了，快點離開這種地方吧。」

「是吶，都沾上血腥味了。」

兩人爬上樓梯，我也隨後跟上。

耶莉跟艾茲——我戀慕著的女人，以及獨一無二的男性友人。一邊凝視那兩人的背影，我一邊如此心想。

現在雖然只是被守護著的拖油瓶。

但我有朝一日要成為能夠守護這兩人的男人——

——記憶流入告終的同時，雷昂長嘆了一口氣。

「事情變得很麻煩了。」

漆黑火焰如今仍在眼前熊熊燃燒，身為其原因的「魔物」是——

「淪落的代行者，他們恐怕就是潛藏在雷古提利亞鎮的怪物的真面目吧。」
「代行者是……什麼呢？」
「簡單的說，就像是殺手吧，教會僱用的吶。」
「欸？殺、殺手？」
「嗯、嗯，是教會擁有的暗部中有一個叫做『令人敬畏的鄰居們』，隸屬於那個組織、負責排除異端者的人們，他們就叫做代行者。」
殉教派信仰的教義雖然不同，但教會的內部構造與主流派並無不同，因此殉教派裡也存在著暗部組織，然而……
「隸屬於主流派的代行者鮮少參與工作，因為極少人在教義上被認定為異端者。然而殉教派戒律嚴格，對於言行舉止不符合教義之人毫不留情，因此他們也必然很忙碌……與此同時，造下的業障也深。」
殉教派代行者全都擁有壓倒性的殺人技巧，不遺餘力地砥礪自我，因此一旦他們變成「魔物」，就會成為無與倫比的威脅。
「不過這次的情況實在是疑點重重。如果剛才流入腦海的記憶可以佐證業障深度跟戰力強弱，那就毫無問題了……然而，實際上卻正好相反。」
當事者沒給人業障深重的印象，也沒有優異的戰鬥技術。
不如說他很膽小，也派不上用場，老是拖累同伴，只是會作白日夢的存在。

沒錯……跟昔日的屍人一模一樣。

「意思也就是說，看到了跟目標怪物不同的『魔物』的記憶，是這麼一回事嗎？」

「……關於這點實在難以判斷。」

流入腦海的記憶看起來如果很鮮明，其「魔物」通常也是強韌無比。

用至今為止的經驗做比對的話，被稱為拉普的男人有可能變成了第二級以上的「魔物」。

「不過如果是第二級或是第一級這種程度的話，並沒有超過先遺隊的實力。」

「那麼……意思就是變成了特級囉？」

「不，從他的記憶判斷，不可能變成那種程度的厲害『魔物』。」

有臭味，某種臭味。

「……真是的，自從討伐哥布林後，送上門的都是有臭味的案件吶。」

畢竟自己跟她只能前行，只要到了盡頭處，謎底解開的瞬間就會到來吧。

目前應該要在意的事情是——

「為何牠在這裡釋放了黑炎呢？」

一旦演變成遭遇戰，這個真相或許會通往弱點，進而幫助到我方。

因此雷昂一邊浮現種種臆測，一邊凝視搖曳著的熊熊黑炎……

「……唔。火焰中有東西在發光吶，那個是『生證石』嗎？」

那是牠在現場燒死「魔物」後留下的證據，然而——

「『魔物』不會同族相殘，以顛覆這個定律為前提去推論的話，也就是說……牠對周圍的『魔物』感到相當憎恨，或是地域意識很強呢。」

雷昂將視線移至一旁，黑炎附近有一家餐廳，其招牌上寫著白雲亭。記得在方才的記憶中，應該出現過相同的名字才對。

「……那家店有著跟同伴一起度過的回憶嗎？」

殺死同族是因為對這個回憶有著強烈執著嗎？還是說……

就在雷昂如此思索之際。

「嗚，嗚嗚。」

細不可辨的聲音傳入雷昂耳中。

位於可聽範圍內的最北端，從那邊傳來的聲音無疑就是。

「愛莉絲，有生存者。要過去救人囉。」

「唔！是，師父！」

移動後，兩人發現了聲音的主人。

是一名女冒險者，如今她倒在路旁，吐出粗大呼吸，肩膀上下移動喘著氣。

「沒、沒事——」

「等等，別輕易靠近。」

愛莉絲試圖跑過去，雷昂伸手制止她，一邊凝視對方的身影。

「……那個女性身上帶著某種奇妙的氣息，外觀雖是人類，但說不定是……」

「意思是有可能是『魔物』假扮的嗎？」

「沒錯，因此要先確認對方的真面目。擺好架勢，隨時準備應戰。」

語畢，雷昂用緩慢步調一步步接近。

「那邊的人，妳該不會是教會派遣的回收隊的一員吧？」

果然如同所料，倒在路旁的她用緩慢的動作望向這邊……

她猛然驚覺，立刻遮住自己的右眼。為何這樣做呢，答案很明白。

「似乎罹患了『青眼病』呐。」

剛才感受到的奇妙氛圍是疾病使然嗎？

「……愛莉絲，妳在這裡待命，因為有感染的風險，由我來跟她接觸就行了。」

雷昂緩緩接近對方，再次出聲搭話。

「我跟妳一樣，是被教會派來這裡的……妳能對話嗎？」

面對雷昂的喊話，女性只答了句「水」。

「要水的話這裡有剩，妳可以喝這個。」

「唔……！」

女性抖著手抓住水壺，一口兩口地將水含入口中滋潤喉嚨。

趁她忙著喝水時，雷昂觀察了對方的某個部位。

是右眼。雷昂認為只要催促對方進行補給，遮住右眼的手就會鬆開，結果被他猜中了。

「……似乎才剛剛罹患吶。」

女性肩膀倏地一震。

「你，不怕……感染，嗎……？」

「我叫雷昂‧克羅斯哈特，怪物吞食者雷昂妳有聽過吧？」

「怪物，吞食者……是，嗎……那麼……感染的風險，就無關緊要了，吧……」

在那之後略微休息半晌，確認她的恢復狀況後。

「妳是回收隊的存活者嗎？」

「……嗯嗯，沒錯。」

「還有其他存活的人嗎？」

面對這個提問，她無言地搖搖頭。

「是嗎……發生了什麼事，把詳情告訴我。」

之後，女性開始喃喃訴說。

據她所言，踏進雷古提利亞鎮後的數小時可說是一帆風順，這也是理所當然的吧。他們是教會僱用的高手冒險者，光是一人就足以成為戰力，有五人組成隊伍的話，一般的迷宮都只能說是遊樂場。

「我們打算探索這裡的每一個角落，畢竟我們沒有情報吶，連果實在哪裡都不曉得。不過……是在時間大約經過七小時左右的時候吧，我們踏入了位於東側地區的廣場，那兒有一棵巨木……」

「那個『變異遺物』就長在那上面嗎？」

「嗯、嗯，正是如此。原本打算花上數天找尋，結果只花幾小時探索就結束了，接著只要從樹幹上摘下果實再帶回來就行了……就在這個時候，那傢伙過來了。」

然後她們與那個「魔物」交戰……最後全滅。

輕鬆屠滅高手冒險者的「魔物」，其名為——

「炎人（ifrit），那傢伙肯定就是那個。」

炎人正如其名，是身纏火焰的巨人。

牠的分級是第一級，是極為強大的存在，然而。

「不只是維爾哥率領的冒險之鷹，連你們都敗北的話——」

「嗯、嗯，不是普通炎人，那傢伙是亞種。我也曾數度收拾過同種類的『魔物』，但牠們都沒那傢伙強大。」

換言之，那個「魔物」擁有無法被分類至第一級的力量。

「原本在隊伍全滅時就應該撤退才是，然而……我卻無法死心。只要帶回那顆果實，就能治好生病的妹妹。一這樣想我就……」

然後，她筆直地望向雷昂的紅眸，蒼白臉龐上寄宿著求懇之情。

……雷昂是冒險者，同時也是繼承「救世」之名的勇者。

其存在意義就是，執行正義與救贖。既然如此，現場的最佳解只有一個。

「我想確認那個炎人，或許有可能攻略掉牠。」

這個女人還有救，既然如此，就撐到最後一刻吧。

……話雖如此，雷昂不打算毫無節制地行動。

「我不打算捨棄妳跟妳妹妹。不過，如果我判斷我方不是敵手時，到那個時候——」

「嗯、嗯，我明白，就返回聖都吧。」

在那之後，她會對自己還有妹妹如何做一個了斷……這不難想像。雷昂會努力避免這種事態發生，不過如果有萬一他還是會撤退吧。

因為他也有應該要守護的事物。

愛莉絲在遠處待命，雷昂用手勢發出指示叫她「過來旁邊」。

接著他扶起女性，然後問了一個問題。

「炎人的所在地妳心裡有底嗎？」

「嗯、嗯，稍微等一下。」

女人從腰包中取出懷表，確認現在的時間後。

「這幾天我一直在觀察敵方的行動。那傢伙每天都會在七個特定的地點移動，而且還很準時。照現在這個時間帶……牠的所在地是大樹正下方吶。」

雷昂準備與弟子在她的帶路下，一同前往那邊……不過在那之前。

「這麼一說，還沒問過妳的名字呢。」

「欸？啊，嗯嗯。是吶……」

女人露出沉思的模樣，雷昂明白其中有某種內情。

「我並不想知道妳的本名，用化名也沒問題。」

「是、是嗎？抱歉吶。既然如此……蕾茵，就叫我蕾茵吧。」

兩人在她的帶領下前往現場。

在開放空間的中央處有一棵巨木，那棵大樹也跟街上的建築物一樣整個被染成了白色。然而，只有長在粗大樹幹上的**那個東西**是黑色的，就像凝聚了黑闇似的。

有著倒三角形獨特外形的果實，就是那個「變異遺物」吧。

「雖然想立刻帶著它回去……」

站在大樹旁的「魔物」一定不會容許自己得逞吧。

炎人，其模樣是纏帶漆黑火炎的純白巨人……不，或許應該形容成**被漆黑火炎灼燒**吧。牠苦悶地扭曲威嚴相貌，在藍眼中寄宿哀戚的模樣簡直就像是在悲嘆自身現狀似的。

「……沒有一絲一毫曾是人類時的影子，激變程度令人難以相信。」

礙手礙腳的膽小鬼——曾跟這個屍人一樣的他，如今變成了恐怖的「魔物」。

「身上纏帶的火焰與肉體的顏色、尺寸，還有五官，不論哪一個都不在標準之中，而且——」

手中的拿手武器也是如此。

裝備在漆黑巨人雙臂上的東西，是巨大的劍和盾。

「用自身的火焰創造出裝備嗎……以重現同伴拿手武器的形式。」

投注其中的是何種情感呢？

就在雷昂如此思索時。

新的記憶隨即流進腦海。

——互相觸碰時的暖意。

——做下的約定。

——不斷變強的後悔。

——有如沉澱物般殘留下來。

——即使變成這樣，仍是。

「呼……呼……！」

腳像是要被撕裂般疼痛，即使如此，我們仍然拚命奔跑著。

在漂散著夜闇的街道上，為了甩掉從後方緊逼而來的敵人。

「啊啊，可惡……腳好像要斷掉了……！」

「不要，這樣，說啦……！連我都，忍不住，要說喪氣話了……！」

艾茲與耶莉，他們渾身是血，處於一碰就會倒下的極限狀態。

我也一樣，演變成現況的來龍去脈，在腦海裡有如走馬燈般重播著。

……試圖走正道的舉動造成反效果。

代行者的職務並不只是抹殺指定目標。

接收異端者們的聖典，焚燒這些邪惡物品也是我們的工作之一。

這天我們一如往常淡淡地努力執勤……卻偶然發現了一件事。

發現摻雜在異端聖典裡的濁黑色機密。

馬格貝斯大司教是這一帶的支配者，包含雷古提利亞鎮在內。

那傢伙正暗中計畫著巨大陰謀，我們瀏覽了記載著一部分陰謀的文件……知道了雷古提利亞鎮的危機。

丟著不管城鎮就會毀滅，我們認識的善良人們就會失去未來。

所以，做為離開城鎮前的最後一份工作，我們為了守護他們而行動了。

其結果就是這個。

我們毅然挺身而出對抗絕對的權力與惡意，理所當然地敗退，有如無頭蒼蠅般逃竄。

明明沒有安身之所，明明無處可逃地說。

即使如此，我們仍是。

「怎麼，能在……！這種地方……結束呢……！」

「嗯、嗯……正是，如此，吶……夥伴……！」

「我們……是有，夢想的……！」

我們口吐各自的想法，發足急奔，祈求能發生某種奇蹟。

——然而，可是。

此時腦海裡突然浮現畫面。

是預知未來，我那自動發動的神祕。

它讓我目睹的數秒後的畫面，逼迫我進行究極的選擇。

「艾茲身旁會出現黑色洞穴，箭矢會從那兒飛出。」

知道這個未來的瞬間，我腦中產生數個想法。

得護住艾茲才行，為了守護他。

然而……這樣做後我會變成怎樣？

無疑是會死去吧。

用自己的性命換好友一命嗎？

如果我強大到面對這種判斷也能立刻做出決定，結果一定會有所不同吧。

結果我沒能採取行動。

因此——如同預知，艾茲身旁出現黑色洞穴，然後。

「咕啊!?」

箭矢貫穿那傢伙的背部。

好友身軀一軟倒在地上，我與耶莉停下步伐，就在那個瞬間。

艾茲趴在地上，他的頭上出現黑色洞穴。

得行動才行，非救好友不可。

明明是這樣想的。

「唔…………！」

耶莉衝向艾茲那邊，我只能凝視她的背影。

我喀嗟喀嗟地發抖，連一步都踏不出去，好友對這樣的我——

用細蚊般的聲音說道：

「救、救救，我……夥，伴……」

到了這個關頭，我還是動彈不得。

總算踏出一步時——已經是一切結束之後了。

釋出的箭矢奪走艾茲的生命，這幅光景令耶莉雙膝跪地。

出現的破綻讓追兵有機可乘，回過神時我們兩人都被捉住了。

……過了一陣子。

是來欣賞我們被五花大綁的模樣嗎？那傢伙現身了。

馬格貝斯大司教，年老的最高權力者之一。

他一邊輕撫白色鬍鬚，一邊皺起眉心。

「我應該說過所有人都要活捉的吧？」

「是……有一人真的很難纏，因此……」

馬格貝斯深深嘆息，然後說了一句話。

「這樣是當不了素材的。」

他有如掃興般聳聳肩，轉身離去。看起來像是部下的男人對那傢伙的背影丟出問題。

「那這兩人？」

馬格貝斯沒有停步，有如撂下話語般回答。

「殺雞儆猴囉，就像平時那樣吶。」

接著——最惡劣的七天開始了。

馬格貝斯的企圖全部被當成是我們的密謀，讓我們蒙受不白之冤。

我們被塑造成大罪人，將要以最殘酷的刑罰被處死。

在一部分殉教派中，有著不淨儀式這種事物存在。

這是用更加骯髒的穢物塗抹黑色邪惡全身，確實讓對方墮入地獄而做的事前準備。

具體地說……就是把對方交到那群野獸手中。

地底世界住著悖德者集團，那些傢伙雖然有著人形，心靈卻正如鬼畜一般。

在那七天裡，我與耶莉被那些傢伙當成玩具——

如今，迎來處刑的時刻。

在雷古提利亞鎮的廣場上。

「忘恩負義的惡黨們，很適合這個下場呢。」

「罪有應得。」

在滿嘴謾罵丟著石頭的人們中，也混雜著我們試圖保護的善良人們。

我一邊被釘上十字架，一邊凝視死期將至的光景。

為了從眼底下那些我心愛的人們的下場上移開目光。

艾茲被擺在地上的屍骸已不成原形，他死後整整被曝屍三天，又被民眾親手汙辱……撕裂，變得像是破抹布似的。

還有耶莉。

「啊，嗚啊，啊，啊啊，啊。」

她壞掉了，被弄壞了。

被交給那些傢伙後的七天裡，我們受到的對待就是這樣。

美麗的金髮被亂拔，變得東禿一塊西禿一塊。

白色牙齒被半玩鬧地拔去。

身為人類的尊嚴遭到凌辱。

活生生地被飢餓野狗貪婪地啃食。

「為，什麼……」

光是動嘴巴都會感到劇痛。

即使如此，還是忍不住低喃。

為什麼會變成這樣呢？
為什麼神要給我們這種結局呢？
為什麼……我在那時無法行動呢？
「接下來要進行拉普雷斯卡．威迪亞森的火刑。」
排在腳底下的木柴被丟出一把火，火勢瞬間變大。
全身被灼燒，但這個痛楚並沒有動搖我的心。
在臨終的最後一刻，一股情感埋進我的胸口。
那是。
「艾，茲……」
當時如果我犧牲自己，如果艾茲活下來的話。
事情一定不會變成這樣吧。
耶莉跟艾茲兩人會逃得遠遠的。
然後拯救大家，連同我的份一起幸福。
我應該要選擇這種未來才對。
在緊要關頭膽怯，只能發抖害怕的自己令我憎惡不已。
就是因為留下來的是這種傢伙，才會毀了一切的。
「錯了……我，錯了……」

我一邊被火焰灼燒，一邊流著淚編織出最後的情感。

那時。

我，就是我。

應該代替那傢伙去死才對——

——記憶流入中斷後，過了數秒。

雷昂將沉痛心情藏於胸口，雙拳緊握。

「簡直就像在照鏡子似的。」

是我死掉就好了——這正是屍人在這四年間念念不忘的想法。

這就是怎麼懊悔都不夠的自身罪孽。

彼此都背負著相同的詛咒，正是因為如此，雷昂做出宣言。

「……我要討伐他，這是很有可能做到的事。」

愛莉絲信任屍人，所以並沒有特別回應什麼話，只是靜靜傾聽。

相反的，蕾茵似乎對他的判斷有所疑慮。

「我是想要贊成你的想法，不過……你說要怎麼討伐？」

雷昂毫無迷惘地述說。

述說自己的策略，述說拯救牠的方法。聽完這些話後，她做出的結論是——

「……原來如此，確實值得賭上性命，吧。」

看樣子她似乎是接受了。

「那就這樣說定，再來就是進入執行階段。」

雷昂一邊朝兩人送出話語，一邊緩緩轉過身軀。

在那之後過了一陣子。

如今，打響了決戰的第一炮。

就像在宣告黑炎人討伐作戰開始似的——

在鐘塔的屋頂上，雷昂啟動機關，讓鐘聲響徹整座城鎮中。

在那瞬間，愛莉絲在街道正中央尖叫。

「哇啊啊啊啊啊啊啊啊啊啊啊啊啊啊啊啊啊啊啊啊啊！」

這個大音量傳至大範圍內的每個角落，引來眾多「魔物」。

「白，白白，白，白，白。」「白白白，白白，白白白白白白。」

大批黑狼人群湧而上。雖然對牠們的突擊感到緊張，愛莉絲的動作卻依舊行雲如水。

猛烈突進的「魔物」群沒有捉到獵物白忙一場，就那樣順勢打破行進路線上的餐廳……**白雲亭**的玻璃進入店內。

「由不得牠不行動。」

果然，在數瞬過後。

龐大的「魔物」，炎人帶著駭人怒火來襲了。

「即使墮入魔道卻仍舊……不，就是因為墮落了才非守護不可，守護昔日的回憶。」

正是因為炎人被過去束縛。

「死啊啊啊啊啊啊啊啊啊啊啊啊啊啊啊啊啊啊啊啊啊！」

為了排除介入過去的異物，牠揮動緊握手中的拿手武器。

簡直像是暴風般躍動，大量黑狼人瞬間化為腐汁。

「……是時候了嗎？」

雷昂再次啟動機關，敲打鐘塔的鐘。

這是命令愛莉絲撤退的信號……也是給蕾茵的作戰指示。

「唔哇啊啊啊啊啊啊啊啊啊啊啊啊啊啊啊啊啊！」

「魔物」集中至她那邊，那兒對牠而言也是充滿回憶的場所。

「死啊啊啊啊啊啊啊啊啊啊啊啊啊啊啊啊啊啊！」

踐踏炎人回憶般的行徑令雷昂感到自我厭惡，卻仍然進行著這個作戰計畫。

他的目的是「聖源」的枯竭。無論「魔物」有多強大，一旦失去寄宿在體內的「聖源」，就會失去身為非人者的依據。畢竟牠們是人類淪落而成的「魔物」，而並非天生的怪物。

證明這件事的瞬間終於到來了。

「死……!?」

藉由黑炎重現的、同伴們的拿手武器——大劍與大盾從牠手中失落了。

牠瞬間變得啞口無言，然後。

「啊，啊啊……啊啊啊啊啊啊啊啊啊啊啊啊啊啊啊啊啊啊啊！」

炎人痛哭，雷昂從那副姿態上看到了自己的影子。

「就像聖劍對我而言是最後的寄託一樣，你失去的那個也是。」

一邊心想雙方都背負著的業障與哀戚，雷昂一邊行動了。

把腳放上扶手，跳躍，然後——屍人在天空飛馳。

他將「聖源」流入義足，瞬間噴射出高熱量，將它當成推進力飛翔。然而，這種飛翔無法一直持續下去，不久後身體就受到重力支配而開始朝地面移動。

目標是大街正中央，眼中緊盯的是一名同族。

編織出的話語是，救贖的意志。

「吾以憐憫斬斷，阿斯法拉斯之針，伏魔殿的謀略，離業蛇之舌尖。」

從天而降朝地上突進之際，他的右臂如同群體生物般蠢動，漸漸改變形狀。

那果然是一把長槍。

前臂變成巨大槍狀物……肩膀朝他的脖子伸出長管。

其前端裝著針，下個瞬間刺進屍人的脖子，從動脈吸取血液。

那是普通人會出血過多致死的血量。

那些血被輸送至變成長槍形狀的前臂——

「鋼武術式展開，第四魔裝：卑劣暗殺者（sadistic・transer）的一刺。」

——接著是，突刺。

將墜落隨之而來的動能放上槍尖，貫穿炎人的天靈蓋。

這樣就一決勝負了，應該是如此才對。不過，看樣子牠似乎還殘留著一點點「聖源」。

貫穿的頭頂開始再生，黑炎蠢動，試圖吞噬雷昂的右腕。

然而，這也在預料之中。

第四魔裝的精髓不在於銳利，而是藉由內部機構加強毒性的屍人血液。突刺之際它會同時從整把長槍滲出——從內側破壞目標。

「欸，欸，啊。」

第四魔裝產生劇毒，融化建構牠生命的一切，接著。

「……啊啊，你們過來了嗎？」

上天堂吧，悲哀的靈魂啊，我活生生的翻版啊。

一邊被心愛的人們迎接。

「——願汝等安息，永遠得到救贖。」

在虛空中描繪形狀獨特的四邊形，一邊如此祈禱。願他們毀壞的夢想能在天主膝下得到實現。

雷昂凝視弟子衝向這邊的身影，此時她朝雷昂發出聲音。

「啊！師父～！」

「這次的勝因是在勇氣的有無吶？」

聲音是從身邊傳出的。蕾茵在不知不覺間站到雷昂身畔，面帶微笑如此稱讚。

「就因為你很勇敢，吾等才能打倒那傢伙。如果你在緊要關頭膽怯，一定會變成最糟糕的局面吧。」

她如此說道。你真的是很有勇氣的男人吶——聽到這句話後，雷昂總算有所察覺。

察覺到即使面對那種程度的強敵，自己心中也沒有畏懼的事實。

在交戰之際，心裡有的是憐憫與救贖的意志，以及……信賴。

「辛苦了！師父！」

愛莉絲，只要有她在就不會恐懼的這種情感存在於心中某處吧。

「所謂的勇氣……就是這麼一回事嗎？」

一直追尋至今的答案，雷昂確定自己抓到了它的一角。

愛莉絲用爽朗笑容對這樣的他說道：

「再來只要回收果實就能回去了呢！」

「……嗯嗯，是吶。立刻前往大樹那邊吧。」

接著，他們再次踏足那邊。

雷昂等人走近位於雷古提利亞鎮東部，坐鎮在大廣場正中央的大樹。

「這樣就能治好病的話，就再好也不過了。」

蕾茵摘下果實，她將嘴巴湊近它……咬了上去。

在那個瞬間，混雜在她右眼中的青藍色彩消失了。這是疾病被治好的證據，也是果實擁有的另一個效果，讓人體會到現實感的現象。

「師父，只要吃下這個一定就……」

「魔物」會變回人類，不論是青眼或紅眼都一樣。

「如此一來就能得到救贖了嗎？我也是……**那傢伙**也是。」

雷昂低喃，同時對自己的心態感到厭惡。

他清楚得很，會得救的人只有自己。

就算變回人類，過去也不會改變。死者絕對不會復活。

因此……那個男人也一定不會得到救贖吧。

只有自己逃離誓約與命運，獨自享受幸福。

這種事果真能被允許嗎？可以容許嗎？

「師父。」

雷昂從果實上移開目光，此時愛莉絲對他開了口。

「四處徬徨找尋你時，我腦中只有自己的事。我失去了一切……即使如此還是不想死，想變得比任何人都幸福。我一邊如此祈願，一邊尋找你。因為我覺得如果是你就能拯救我。」

愛莉絲聲音中寄宿著哀戚，然而它並不是如同話語所述以自我為中心的情感。

「與你重逢時，我變得很悲傷，因為你實在是變得太多了。這種心情隨著一起生活愈變愈強烈……我變得不只是想讓自己得救，也希望你能得到救贖。然後，呃……」

愛莉絲將羞怯心寄宿在臉頰上，一邊說道：

「如、如果我能變成治癒你心靈的存在就好了，我是這樣想的。」

她沒有自覺吧。對屍人而言，愛莉絲的存在已經足以稱之為救贖了。

正是因為如此，接著說出口的話語對雷昂而言實在是太誘人了。

「我希望自己跟你能夠幸福。所以……請出手相助吧，師父。請幫幫我，而且也幫幫你自己。因為對我來說這是唯一的救贖。」

雷昂·克羅斯哈特有著義務，有著讓愛莉絲幸福的義務。

以此為優先也不錯不是嗎？這種情感替他帶來積極進取的想法。

（……或許我太消極地看待所有事物了。）

（如果是那傢伙的話，就算背負著自身的罪孽，也依舊會繼續屹立……不，不是吶。）

（我也一起背負就行了，如此一來。）

或許就能看到夢想。

或許能再次看見救世之夢。

如果這是屍人的救贖，同時也是愛莉絲的救贖的話。

「……我要，抓住囉。為了活在夢想中。」

心裡的沉澱物簡直像是融雪般漸漸消失。

然後，雷昂與愛莉絲一同走上充滿希望的未來——

「啊啊，你果然還是一個撒嬌小鬼頭吶，**夥伴**。」

——聲音。

這並非幻聽。

終於來了，被命運所引導。

為了修正屍人狂亂的軌道。

「…………………唔！」

就在此時，黑色的再生果實變形了。

那是赤熱的甲蟲。雷昂斜眼看那副模樣，同時抱住愛莉絲的身體向後躍。

剎那間，變異的果實膨脹爆裂。

「哈哈，這次好好地拯救了呢，**跟我那時不同**。」

他一邊注視屍人，一邊「呸」的一聲朝地面吐出某物。

是剛才咬下的果實碎片。

「呵呵，我也真是的，差點就中了**自己準備的陷阱**了。」

自虐般的笑容就在眼前，屍人輕聲低喃，一邊品嘗幾乎要讓胸口炸裂的悲傷。

「……即使得到足以拯救世界的力量，你依然——」

「嗯、嗯，連一點點都不想為了這個目的而使用呢。」

做出斷言的同時——他變形成真正的姿態。

女性身軀緩緩變形，獲得帶有魔性的魅力。

最終他用那對**紫色眼眸**凝視雷昂，一邊讓絕世美貌露出笑容。

「──四年不見了吶，夥伴。」

昔日的夢化為惡夢重新降臨。

雷昂心中已沒有半點方才為止的情感。

只是筆直地看著他的身影，紅眸裡只映照著他這個存在。

雷昂說出那個名字。

「**萊那**…………**！**」

那是做為友愛證明的稱呼，然而寄宿在雷昂聲音裡的情感並不單純。

愛莉絲站在他旁邊瞠目結舌，連一句話都說不出來。

不會錯的，那是，那個男人是萊因哈特·克羅斯萊。

「…………唔！」

問號在愛莉絲腦中來回飛舞，這些疑問實在太大，她的處理速度跟不上這些情報。

弟子露出這副模樣，但雷昂卻是連正眼都不瞧。

墮入……不對，是被**推入**白色魔性的好友，如今就是屍人世界裡的一切。

「哎呀～，玩得很開心吶，夥伴。跟你一起聯手工作果然是開心極了，不枉我特地引你過來這裡吶，嗯。」

那個再生果實，白色魔性……是萊因哈特用力量創造出來的事物吧。從他的言行舉止中察覺到此事的瞬間，愛莉絲發出吼聲。

「為什麼!?為什麼!?做出這種事！如果有那顆果實，大家就——」

「不對，不是大家吶。主要是妳自己吧？」

視線不經意地移向這邊，那對紫色眼瞳裡絲毫沒寄宿著敵意或是殺意。

然而……愛莉絲卻做出了必死的覺悟。青蛙被蛇盯住就是這種感覺吧？存在等級的差異太大了。

這種確信給她帶來戰慄。

「想起昔日的你吶，夥伴。記得剛被師父撿來的那時，你也像那傢伙一樣膽怯地躲在那個人背後……哎，先把這個放到一邊，我來回答問題吧。就是剛才小姐口中那個『為什麼』的提問。哎，這裡面有著種種內情，複雜得很吶。」

他一邊無奈地聳肩，一邊堆疊話語。

「為什麼要把你們引過來？為什麼明明擁有能拯救世界的力量，卻不正確地使用呢？為什麼身為光輝的萊因哈特會淪落成這個下場呢？雖然無法一言以蔽之……不過如果不是用說的，而是用**行動**表示，一瞬間就結束了。」

萊因哈特微微一笑。

「小姐，妳那些疑惑的答案，也就是——這麼一回事喔。」

萊因哈特全身都模糊了。產生這種錯覺時，一切就都結束了。

回過神時，他已站在雷昂面前。

用那隻右手貫穿屍人的胸膛。

「咯，啊……」

「師父！」

屍人（雷昂）的苦悶叫聲與弟子的悲鳴疊合，萊因哈特從好友的胸膛裡抽出手臂。

「這答案很好懂吧？我的目的吶，就只是如此唷。」

此時寄宿在天使容貌上的笑容實在是過於豔麗。

正因如此，在愛莉絲眼中看起來恐怖地令人作嘔。

「想殺掉，想破壞，把世界，以及……這個傢伙。」

萊因哈特動了，果然只能認知到這個地步。

屍人連自己被做了什麼都不曉得，就這樣倒在地上，愛莉絲也只能凝視那副身影。明白這樣的自己根本沒有力量後，怒火瞬間湧上心頭。

不是決定好那個人要由我來守護嗎？

不是決定好那個人要跟我一起幸福嗎？

「呼……呼……」

愛莉絲吐出粗大氣息，硬是壓抑住萬念俱灰的感覺與恐懼感。

要挺身而戰，就算敵不過也一樣。為了不失去重要之人。

「嗚，啊，啊啊啊啊啊啊啊啊啊啊啊啊啊啊啊！」

愛莉絲發出吼叫，用力踹向地面。

雙手拿著艾蜜麗亞親手製作的專用裝備，以及她託付給自己的情感——

「這股氣勢值得一誇呢，小姐。」

敵人最終仍是不改一派悠然的態度，愛莉絲敗北了。

不，連抱持這個認知都做不到地倒下了。

是沐浴在何種攻擊下，又是如何輸掉的，她不曉得。

好可怕。

自己要死在這裡了。如此一想後，她害怕得不得了。

不過，如果心愛之人要被殺掉的事實就在眼前的話。

「嗚，咕……！」

力量開始沸騰。

而且，愛莉絲勉強站起——

「不錯呢，小姐。妳真的很棒，做為**教材**棒極了。」

手臂用力試圖站起來的瞬間，背部被踏了下去。

感覺簡直像是被壓在巨石下似的。

愛莉絲手腳亂動，試圖想辦法逃離束縛……卻是徒勞無功。

萊因哈特俯視愛莉絲的這副模樣，一邊述說。

「那麼那麼，情況也漸入佳境了，就在這邊講個課吧。」

講完的同時，他將視線移向雷昂。

沒有動。

沒錯，他沒有動。

跟愛莉絲不同，他應該可以動才對，可是卻動不了。

「這次的講課內容是……關於勇氣。」

萊因哈特凝望雷昂，一邊堆疊話語。

「欸夥伴，你呀，在打倒炎人後是這樣想的吧？覺得自己曉得勇氣是什麼東西了這樣。一點沒有錯，要說是正確答案的話就是正確解答唷。實際上你心中是有著勇氣的。對這個小姐的信賴與愛情產生了那種情感。不過吶……」

萊因哈特腳底使勁，愛莉絲被踩住的身軀發出輾壓聲。

「嗚，啊……！」

小小悲鳴發出，不過，即使如此。

「住手，萊那……！」

雷昂只是出聲，還是無法動彈。

面對壓倒性的力量，雷昂膽怯了。

四年裡不斷堆疊在心中的自我厭惡跟決心，因恐懼情緒而脆弱地崩塌了。只有對生的執著留了下來。

萊因哈特一邊嗤笑雷昂的這種現況，一邊說道：

「勇氣也有著強與弱的性質。以他人的存在做為依據的勇氣真的很弱小，實在是過於脆弱。畢竟那種勇氣的本質跟撒嬌小鬼頭的心態一樣吶。靠著信賴、依賴某人而得來的勇氣，是守護不住任何事物的。」

既然如此，怎麼做才能做到這種事呢？

萊因哈特說出答案。

「是為了某人而存在的心，為愛而死的覺悟。是這個小姐有，而你沒有的事物。那就是……自我犧牲的精神。」

喀啦聲音響起，愛莉絲的身體不敵重壓開始潰散。

「嗚啊，啊……！師，父……！」

恐懼感與痛苦化為淚珠，體現出慢慢死去的感覺。

然而，即使如此愛莉絲仍是——

「請，快逃走……！」

絕不求救，一心只希望心愛之人生還。即使目睹這副身影，雷昂仍是——

「動不了吧，夥伴。這就是你唷。」

「不對……」

「不把自己對他人的愛情放到第一位，而是以明哲保身為優先，這就是你的——」

「不對！」

雷昂猛然踹向地面。

他不曉得為何做得到這件事，心裡跟腦袋裡都亂成一團了。

強烈情感不論正負全部混合在一起，全身衝動地動了。

然而……這真的能叫做勇氣嗎？

不，驅使雷昂四肢的事物並非勇氣。

「挺身面對恐懼的氣概才稱作勇氣。所以吶，夥伴。現在驅使你的事物並不是勇氣……而是無趣的自暴自棄使然。」

萊因哈特伸指比向衝過來的屍人，光是做出這個動作，在數瞬過後……

雷昂全身都被斬裂了。

「咕，啊……！」

「師父!?」

苦悶聲與慘叫重疊。

雷昂再次倒下，變得無法動彈。萊因哈特一邊凝視他，一邊繼續淡淡說道：

「不過吶，勇氣也有著捨棄自我這種側面存在，根據形式不同，有時也會產生強大的力量。畢竟動彈不得的你，好歹也是好好地動起來了吶。」

自暴自棄與自我犧牲僅有一紙之隔。

萊因哈特如此說道後。

「至於結論嘛，夥伴。如果你想對我怎樣的話……那就捨棄吧。捨棄一切，然後是究極的自暴自棄。走到那一刻後……就是實現約定的瞬間。」

簡直像是在指導笨拙弟弟似的，浮現大哥般的微笑。

他的眼眸**滑落一道淚水**。

「欸，夥伴。你沒忘記吧？跟，我的，約，定…………………啊啊？我在說啥啊？好奇怪，吶……在這裡，結束，一切吧……呃，這種無聊的事……嗯，是吶。」

萊因哈特一邊拭去淚水，一邊移開踩住愛莉絲的腳。

「不玩了，不玩了！總覺得心情很糟吶！話說～仔細想想在這邊畫下句點很小家子氣呢？我的憎恨是這種程度就能消散的嗎？……不，不對，這裡，還不行。還不能，殺掉……」

喃喃低語，喃喃低語，有如囈語般持續低喃，然後。

他的纖細背部伸出三對白色羽翼。

「……要在更華麗的舞臺上盛大地演出，同時殺掉你。不這樣做我就無法消氣。」

一邊發出簡直像是說服自己般的聲音。

「我給你時間準備，在這段期間內拚命進行肉體改造吧。不然的話，下次一定會……」

萊因哈特沒把後面的話語說出口，只是望著雷昂的眼睛。

紫瞳映照在屍人紅眸中，如今那裡面，依舊殘留著當時表現出來的情感。

「……再見囉，夥伴。」

萊因哈特露出奇妙的掃興表情。

展開三對羽翼，消失在灰色天空中。

「萊、那……」

一邊遙想著漸漸消失的背影，屍人一邊低喃。

「在你心中，仍然……」

回憶的同時，力量漸漸流失。

他無法維繫住意識。

雷昂沒有反抗這種感覺，閉上了眼睛。

在那瞬間……那道身影映照在黑暗的另一側。

是流淚尋求救贖的師兄。

他口中發出聲音。

對屍人而言那是誓約，但同時——

也是束縛靈魂的，詛咒。

「欸，夥伴。」

「拜託你囉。」

「下次見面時，到那個時候——」

【回憶Ⅰ】

光輝的真實與終結的起點

Only I know the Ghoul saved the world

——如果能待在那個人的身邊。

——如果能待在那傢伙的身邊。

——自己就能無止境地前進下去，我曾如此相信著。

——然而。

——如今已經。

在貧民窟（slum）生存需要力量。

智力、財力、暴力、權力。我們的雙親一定什麼都不夠吧。

因此才會在某一天輕易被強盜殺死……我們失去了一切。

即使如此，心中仍是有著多活一天的氣力。

因為我仍留有吹跑絕望與悲觀的希望。

「蕾咪～！今天的晚餐很豪華唷～！」

「哇啊！好棒喔，哥哥！有這麼多純白色的麵包耶！」

就算是骯髒馬路的角落，只要有這傢伙在，那邊就會變成樂園。

蕾咪，是我嬌小的小妹妹。這傢伙是我殘留的最後一絲希望……也是夢想。

「冒險者的大哥們有請我吃飯吶，所以這些都給蕾咪吃吧。」

「欸!?可以嗎!?」

「嗯、嗯，因為我吃得撐死了。再吃下去胃就要破掉了。」

如果妹妹開心的話，如果妹妹能填飽肚子的話，不論自己有多飢餓都沒關係。

「平民們能每天都吃著這麼好吃的東西呢，真叫人難以相信吶。」

「嗯、嗯，不過我們馬上也要過這種生活了。」

再過一會兒，只要再一下下我就十二歲了。如此一來我就能在公會登錄為冒險者，從貧民升級成平民。到那個時候，我們的人生一定會——

「嗚……！」

如此思考之際，右臂傳來刺痛。

「哥哥……？沒事吧……？」

「啊，嗯嗯。工作時稍微失誤了吶。」

我跟蕾咪說我的工作是替冒險者背行李，但實際上並不是。

其實………我賺的是皮肉錢。

每天就是賺一些小零錢，我不可能說得出這種真相。

「今天的冒險很厲害喔……！」

我向妹妹發表假的豐功偉業，捏造受傷的原因。

……其實是因為客人很粗暴。

那些傢伙的下流笑容牢牢地貼在眼簾深處。

我拚命壓抑湧上來的作嘔感覺，一邊守護著妹妹的開朗笑容。

「哥哥好厲害唷，一定馬上就會成為勇者大人被世人喜愛呢，就像『救世』的庫蕾雅大人那樣。」

蕾咪最喜歡庫蕾雅了。勇者庫蕾雅明明跟自己年紀相近，明明性別相同，卻還是非常活躍，我覺得蕾咪是用崇拜的目光看著她的。

「欸，哥哥，我有一天也能變得跟庫蕾雅大人一樣嗎？」

也就是說，要去當冒險者。

這種事是不會被認可的……不過，我不想讓蕾咪的笑容蒙塵，所以我表示肯定。

「嗯、嗯！一定變得了吶！變得像庫蕾雅一樣，然後，過著幸福的每一天——」

「不對，不是喔。不是這樣子的。」

蕾咪一邊搖頭一邊說道。

過於清純，過於虛幻……過於尊貴地訴說自己的夢想。

「我想變得像是庫蕾雅大人那樣，然後幫助住在這裡的人們。因為大家總是露出很難受的表情……總是很可憐的樣子。」

「是嗎？蕾咪很溫柔呢。」

我感到自豪。

妹妹即使身在濁黑暗闇般的世界，仍未失去純白心靈，讓我打從心底感到驕傲。

只要是為了蕾咪，不論什麼事我都做得到，不管自己怎麼受傷都不在乎。

即使以人類之姿墮落至最深處也沒關係。

「好了，差不多該睡了。」

「嗯，晚安，哥哥。」

我們在路邊躺下，互相依偎入眠，每天都用彼此的體溫取暖以免被凍死。不過，再過一陣子就好，馬上就要到了。這種最底層的生活也立刻就要結束了。

我會與蕾咪一起爬上去。

——我曾是這樣心想的。

——我曾是這樣希望的。

——不過，這個世界，並不允許我們得到幸福。

工作結束後我回到蕾咪身邊。

貧民窟很危險，所以我不在時會讓妹妹藏身在廢墟中。

那兒有我們才知道的密室，妹妹只要待在裡面就絕對是安全的，我不在時沒有任何人能加害蕾咪，所以——

這一定是有什麼地方搞錯了，我是這樣想的。

「嗚……！」

腳底傳來**噗滋聲**。我踩到了某種東西，但意識卻沒移向那邊。

眼前那片如同惡夢般的現實抓住我的心不肯放開。

「蕾，咪……？」

乍看之下連她是不是自己的妹妹我都不曉得。

蕾咪就是被折磨成這樣，蕾咪就是被弄壞到了這種田地。

全身被剝個精光，上面浮現無數瘀青，手腳慘遭折彎……

渾身都被精液還有小便弄髒了。

「哥，哥……」

「嗚……！蕾咪！」

一息尚存，雖然呼吸細微到隨時會消失似的，但妹妹確實還活著。

我衝到蕾咪身邊，背起變得破爛不堪的軀體。

「我會救妳的……！哥哥，絕對會，救妳的……！」

我心無旁騖地奔跑著。

「拜託！妹妹！請救救蕾咪！」

我用像是要吐血的心情奔跑著。

「拜託了……！求你們了……！這樣下去妹妹……！蕾咪會……！」

我一邊品嘗著像是全身被撕裂的感覺，一邊奔跑。

「幫幫她啊……！她是我唯一的親人啊……！」

我奔跑著，一邊背著妹妹的身體一邊奔跑著。我找尋診所，一看到就立刻衝進去。

每次傳來的回答都一樣。

「滾出去。」

就算我拚命懇求，還是被警衛那群傢伙用蠻力扔出門……

不只是我，連妹妹壞掉的身體都被重摔在地面上。

「蕾咪……！啊啊，蕾咪……！」

至今我仍記得路上行人的眼神。

那不是望向人類的目光，而是看到骯髒破銅爛鐵的眼神。

「騙人的……！這種事……！一定是，騙人的……！」

妹妹並未得到「青眼病」，只要有人抓住我們的手，妹妹就能得救。就只要讓妹妹躺在床上，治好她的傷勢，再打個點滴就行了。

明明只要這樣做，妹妹就用不著死掉地說。

「嗚……嗚嗚……！」

雙腿迎來極限，我連站都站不起來了。

我倒了下去，連同蕾咪一起。

妹妹，已不再呼吸。

沒留下半句遺言，在不知不覺間從這世上消失了。

「……………………蕾咪。」

我哭了，在變成冰冷肉塊的妹妹面前不斷哭泣。

然而，淚水在不知不覺間乾枯，只剩下一個問題。

「為什麼？」

為什麼，事情會變成這樣？

答案立刻出現。

是這些傢伙，把我們當成路邊狗大便般對待的這些傢伙。

這些傢伙殺了蕾咪。

絕望與哀戚登時消失——激烈憎惡支配心靈。

我站起身軀，雙腿有如被撕裂般疼痛，不過怎樣都無所謂了。

只要能殺掉這些傢伙，會怎樣都沒差了。

而且，我將自身存在全部轉變為殺意，一視同仁毫無差別地——

展開襲擊，就在我要這樣做時。

「住手吶，少年。」

我反射性地動了。

我發出野獸般的低吼，飛撲而上。沒有任何動作是在意識下做出來的，一切都是衝動而為，全部是自動進行的……所有攻擊都很弱小。

不管是踢是打或是用咬的，都無法在那傢伙身上弄出半道傷口。

「……如果再早一點發現的話。」

我看到那傢伙從眼中滑落一絲淚痕的瞬間。

直到此時，我總算認出那傢伙的模樣。

一頭紅髮跟成熟美貌。

那傢伙跟妹妹珍惜地拿著的插畫一模一樣。

第二代「救世」勇者——庫蕾雅‧雷多哈特單膝跪在蕾咪的屍身面前。

「——願汝安息，永遠得到救贖。」

她靜靜流淚，一邊替蕾咪祈禱。看到那副身影，我——

「事到如今才出現幹麼啊！」

我被激烈情感支配，甚至強烈到輕易吹跑直到剛才都充滿了胸口的殺意。

「到現在才……！事到如今才！就算妳過來也沒用了吧！」

一看就知道，這個人不會歧視我們，不會甩開我們的手。

不過，也就是因為這樣，讓我憎恨到無可復加的地步。

「為什麼，會這樣……」

問題再次來到我心中。

為何不幸會在這個節骨眼降臨呢，我明天就十二歲了。可以成為冒險者，脫離這種垃圾堆般的地方。

為什麼，這傢伙偏偏要在這個時候出現呢？

明明再早一點過來妹妹就能得救地說。

為什麼，為什麼，為什麼，為什麼。

「嗚，嗚，嗚嗚，嗚嗚嗚嗚嗚……！」

應該已經乾枯的淚水滿溢而出。

我一邊哭一邊打庫蕾雅巴掌。雖然她文風不動，我還是打了下去。

我非打不可。

「這樣就行了，因為我遲了一步才會變成這樣。一切都是我的錯。」

然後，庫蕾雅抱起蕾咪的身軀，就算會弄髒自己的衣服她也不在乎。

「我要弔祭這孩子，跟我來。」

我只能跟隨。前往教堂，替蕾咪淨身，聆聽神父的聖句。

將屍身放進棺材，埋進公墓裡的一個角落。

……我的腦袋一片清明，心中的憎惡與殺意並未消失，不過隨著時間的流逝，哀戚已經凌駕在它們之上了。

因此，我在蕾咪之墓面前，向站在身旁的庫蕾雅提出請求。

「殺了我吧。」

庫蕾雅回答。

「我拒絕。」

我一邊望著她吊掛在腰際的長劍，一邊說道：

「既然如此，那這個借一下，我自行做個了斷。」

庫蕾雅直勾勾地凝視我的眼眸，一邊用寄宿著堅毅意志的臉龐說道：

「不行，不准你死。」

黑色情感再次奪走內心的支配權。

「就算活下去也沒用了……！蕾咪，是我的……！」

是我的，一切。失去了她，我也不再有任何理由留在世上了。

然而，即使如此，庫蕾雅仍是。

「你有義務要活下去。她離開了，而你留下了，所以你必須繼承她沒能做到的事，被遺留下來的人必須達成這個義務才行。」

她不由分說、粗魯地亂摸我的頭。

「從今天起，你就是我的弟子了。」

與庫蕾雅的生活開始了。

我被迫進行冒險者登錄，每天每天都被課以嚴格的訓練。

完全沒時間悲嘆妹妹的死。

不過，在偶然的瞬間，只要那傢伙一不在，我就會試圖把小刀插進自己的喉嚨裡……然而庫蕾雅每次都會平空出現，制止我試圖自殺的手。

而且每次都會緊緊抱住我的身體，一邊這樣說。

「……別輸掉吶。」

不論嘗試幾次都是白費功夫，那傢伙不讓我死。

那傢伙只是緊緊擁抱著我……她的活法令我著迷。

在迷宮裡，在村中，在街上，在平原上，在雪原上，在熱帶裡，在荒野中。

庫蕾雅・雷多哈特只是一股腦地拯救著。

不論善惡，只是不斷地拯救著。

其背影就是蕾咪曾經憧憬過的存在。

這個人確實就在妹妹視為目標的場所上，就是因為這樣嗎？

在不知不覺間，我也變得會去追尋庫蕾雅的背影了。

在這樣的過程中，對死亡的渴望消失了……取而代之的是我有了夢想。

「師父，我要成為勇者。」

「不過，我不打算變成妳那種勇者。」

「我要利用勇者的名聲跟立場籠絡教會，然後……成為執政者。」

「要從內而外地改變這個世界。」

「為了實現自由與平等的理念，為了創造沒有人會悲傷的世界。」

這曾是蕾咪向我訴說的夢想。

妹妹的夢想變成了我的夢想。

是過於幼稚，不可能實現的願望。

然而，不論別人怎麼說，我都會走在這條道路上。

然後——我遇見了跟我共享夢想的男人。

「是要站在人類這邊，還是要做為『魔物』活下去，二選一吧，無名屍人。」

「就算不被接納，我也想……活在人類之中。」

師父撿了一個奇怪的屍人回來。

師父將他交給我照顧時，老實說我覺得很煩，不過——

「有人面臨困難，就會忍不住伸出援手……你也跟師父一樣吶。」

隨著對屍人的理解，我漸漸將那傢伙視為同伴看待了。

「沒名字的話，我替你取一個吧。就當作你成為隊伍一員的祝賀吶。」

雷昂・克羅斯哈特，取了這個名字的屍人在不知不覺間——

變成我不可或缺的存在。

「……師父，好奇怪吶。我居然會把沒血緣關係的傢伙當成家人看待。」

「如果這是瘋狂之舉，那我也變成怪女人的同伴了。」

我變得會把那傢伙當成弟弟看待了。

明明身軀大而無當，一點都不可愛地說。

我開始覺得是死掉的蕾咪回到我身邊了。

「……我總是在拖累你吶。」

「……這種事別在意啦，大哥守護弟弟的背部是天經地義的事吧？」

這次一定要——我下定決心。

這次一次要守護住，絕對不讓他死掉。

我要守護這傢伙，做到我沒能成功替蕾咪做到的事。

只要是為了這傢伙，什麼事我都做得到。

不論發生什麼事，我們的羈絆都是不滅的。

「——差不多就是這樣唷，我的人生。」

在空盪盪的寬敞宅邸內一個房間裡。

我的酒席閒聊告一段落。

聽完這些話後，坐在桌子另一端的夥伴——雷昂只說了一句話。

「是嗎？」

沒有同情也不是憐憫，就只是接受。

全盤接納了我的一切。

「你果然是最棒的夥伴吶，說真的。」

我露出微笑，那傢伙一如往常面無表情，然而那張面孔下面卻有著真實面貌。

沒錯，有著像是在誇耀勝利般的笑意。

「對了，萊那。這次比酒量也可以算是我贏吧？」

我恐怕變得跟煮熟的章魚一樣了吧。他先是望向我的臉色，接著環視四周。

那兒散落著大量空酒甕，變得亂七八糟的雜亂不堪。

「差不多該死心了如何？」

「啥啊～!?我還～行的說～!?」

為了展現毅力，我又重新倒了一杯酒，接著打算一仰而盡——在那個瞬間，極限來臨了。

「嗚噁噁噁噁噁噁噁噁噁……」

看著大大嘔吐著的我，那傢伙含了一口酒後一派悠然地編織話語。

「呼……劍或是格鬥雖然贏不了，比賽喝酒卻能輾壓你，心情真是舒暢。」

「……說這種話不覺得很悲哀？」

「不，完全不會。不如說爽快得很。」

勝利的美酒一定很好喝吧。

一仰而盡後，那傢伙甚至還哼起歌。

「你真是最棒的夥伴吶，大混球。」

先前做為友愛證明編織而出的這句臺詞，在這回成了諷刺。

在酒酣耳熱之際。

一道腳步聲接近這邊。

「……師父，辛苦了。」

「似乎是收工結束了呢？」

開門之人是我們的師父兼母親——庫蕾雅・雷多哈特。
她打算立刻回應我們的話語——
「啊！」
看到地板上散亂著酒甕的瞬間。
「這、這這這、這是啥情況啊啊啊啊啊啊啊啊啊啊啊!?」
用簡直像是迎接世界末日般的表情尖叫。
「啊～，抱歉呢，沒找師父一起，不過也用不著叫成這樣——」
「不是的啊啊啊啊啊啊啊！你們喝光的那個是釀到一半的紅酒耶！就這樣順利釀造下去，一定會成為史上留名的逸品說！你們卻把這些酒，像這樣……！」
「哎呀～，搞砸了吶，夥伴。」
「……喂等等，打算把責任推到我身上嗎？約喝酒的人可是你吧？」
「啊啊是吶，不過你喝的甕數壓倒性地多吧？既然如此就全是你的錯。」
「這啥理論？你從以前就是這樣——」
「兩人都同罪！你們這兩個笨弟子啊啊啊啊啊啊啊啊啊啊啊啊啊啊！」
兩人都挨了拳頭，一起感情融洽地被說教，正是一如往常的感覺——然而。
「那麼，罵也罵爽了，接下來就進入正題吧。」
師父的氛圍變了，這種認真的感覺無疑就是——

「又～有麻煩的工作要委託了？」

「……教會那群傢伙是不是誤以為我們是跑腿仔？」

我跟夥伴如此表示後，師父一邊聳肩一邊繼續說道：

「**夜行殺**，這個名字你們兩人都曉得吧？」

「不如說無人不知無人不曉吧。」

「是名人吶。還活著的話，我想跟對方見面要簽名呢。」

我的回應讓師父一邊嘆氣一邊這樣說。

「很遺憾，收下的不是簽名而是性命吧。」

「……欸，看這種口氣，該不會——」

「嗯、嗯，這次的任務就是狩獵夜行殺。」

「嗚哇，真的假的啊。」

就在我因為工作過於出乎意料而大感吃驚之際。

「……夜行殺是騙過官府目光將近七十年的智慧型罪犯，不是我們能夠應付得來的對手吧。話又說回來，我們是『魔物』專家而不是殺手。」

「是呢，如果對方是人類的話，我也會當場拒絕唷。」

師父如此述說，說出長年成謎的殺人魔真面目。

「最近總算是真相大白了……那傢伙不是人類。雷昂，跟你一樣是紅眼『魔物』。」

「……原來如此，那麼或許我的力量會派上用場呢。」

「嗯、嗯，你擁有能夠看到『魔物』過去的力量。只要使用它，或許就能追蹤牠。」

師父把桌上攤開地圖給我們看，那是這座聖都優格斯蘭多的地圖。

「不久前那傢伙似乎在七號街這裡興風作浪，現場有悽慘的遺體，附近還有用被害者鮮血撰寫的詩篇，現場至今依然維持原狀。」

「既然如此，就立刻動身吧。」

我點頭同意夥伴的話語，站起身軀。

「傳說中的殺人魔，足以當我的對手吶。」

雷昂也撐起身軀，堂堂正正地做出宣言。

「剛好我想確認一下新招的狀況，夜行殺的首級就由我收下了。」

不能只讓你耍帥唷──那傢伙的意志讓我露出微笑。

「那麼，就分個勝負看誰能狩獵牠吧。輸家要請吃貝爾米特的頂級牛排唷夥伴。」

我們互相碰拳，師父感到無奈地聳聳肩。

「不要大意地上吧。」

真的一切都一如往常，沒對其中之事感到任何疑惑。
到頭來這件事也只不過是滾到我們面前的一顆小石頭罷了。
只要一腳踢飛就結束了，我是這樣想的。

——直到與那傢伙對峙前。

【EPISODE IV】然後屍人決定終結一切

Only I know the Ghoul saved the world

——我作了夢。

——是相當天真、惹人憐愛又尊貴的夢。

——所以我差點被自身愚蠢吞噬，走上錯誤的道路。

——不能忘記使命，不能忘記悲哀，不能忘記罪孽。

——不能違反約定。

——所以，已經結束了。

——幸福的夢，已經，結束了。

——結束了喔，雷昂・克羅斯哈特。

——結束了喔，愛莉絲・坎貝爾。

意識恢復的同時，雷昂睜開眼皮……看到自宅的天花板。

如今，他處於躺在床鋪上的狀態。
「師父！」
雷昂望向一旁，她正撫胸鬆了一口氣。
明明自己應該打從心底愛著這樣的弟子，愛著這樣的愛莉絲才對。
如今這女孩的身影，看在眼中卻是完全不同的某物。
「報告吧，雷昂。」
艾蜜麗亞站在房間角落，看起來很焦躁，屍人只對這樣的她說了一句話。
「萊那回來了。」
在那瞬間，艾蜜麗亞露出的表情，以及寄宿在上面的情感。
是用千言萬語都難以徹底表現出來的激情。
「……是嗎？是嗎？」
抱持的希望已經潰散，因此艾蜜麗亞露出空洞的眼神。
「明天來工作室一趟吶，我替你做好萬全的準備。」
她有如拖著搖搖晃晃的身軀般離開房間。
接著——
「師父。」
「告訴我吧」，愛莉絲用眼神如此催促。

事已至此，已經無法隱瞞下去了。

接下來自己將放棄身為師父的義務。

既然如此，至少也要負起責任好好解釋，讓她能夠接受一切才行，雷昂如此心想。

因此他……公開了祕密，告知弟子自己打算帶進墳墓裡的真相。

「這座聖都發生的聖靈祭慘劇，世人都認為是我引發的，但實際上並非如此。揭開那個序幕的是……名為夜行殺的殺人魔。」

聽到雷昂這番發言後，愛莉絲腦中瞬間浮現過去的畫面。

初次見到艾蜜麗亞的那一天，記得她說了這種話。

「單純的戰鬥能力當然很高，**能將人類變成『魔物』的能力真的很棘手。**」

回想的同時，愛莉絲低喃。

「該不會……萊因哈特先生他……！」

雷昂點頭表示同意，其拳頭緊緊握住。

「我們把那傢伙逼到走投無路，然後……討伐了牠。但相對地，那傢伙也把萊那……」

記憶斷斷續續地復甦。

師兄衝向敵方，夜行殺倒臥在地，然後——

「應該救他才對……！只要我能拋棄這條性命……！」

然而因為自己膽怯，就因為自己是膽小鬼。

因為自己是愛撒嬌的師弟（小孩）。

「我，因為愛惜自己的身體，對萊那……！對好友見死不救了……！」

屍人在哭，沒有流淚地哭泣著。

「那一天……如果我做得正確……萊那就不會淪落成『魔物』……！吾師也不會喪命了……！」

在那件慘劇中發生了什麼事件呢？

詳細的細節果然還是不明瞭，然而……愛莉絲卻覺得沒必要進一步說明了。

她打從心底不願挖開師父的舊傷。

（想療癒……這個人的心……）

（不過……該怎麼做呢……？這個人的心一定已經……）

愛莉絲感到苦惱，雷昂在她一旁滔滔不絕地繼續述說。

「人淪落為『魔物』的同時，會喚起人生中最強烈的情感，以及最昏暗的記憶，就此決定身為『魔物』的行動準則。萊那的那個準則就是……憎恨。」

鎮民對妹妹見死不救所感到的憎恨，還有——

「對我的那種情感一定比任何事物都還要強烈吧。明哲保身背叛信賴，他不可能不恨這樣的我。」

愛莉絲什麼都說不出口。

你的好友（萊因哈特）不可能抱持這種過分的想法——就算用自以為是的語氣如此說道，他的心也不會因此而改變，所以只能保持沉默。

「……兩人的始末，以及引發的慘劇，全部都是我的責任。我從大家心中奪走了希望，愚昧的情緒糟蹋了一切，所以……」

必須受罰才行，必須讓自己沐浴在從天而降的所有泥巴之中才行。

因此雷昂散布了謊言，說那場慘劇是自己引起的，說那兩人是自己殺掉的。這是對罪行的處罰……是雷昂的心願。

「我要守護那傢伙的名譽。為此而生，為此而亡。而那個時刻終於到來了。」

萊因哈特一定會在最近襲擊聖都吧。

卡爾那村與同類相食村的事件，無疑只是他順便預演而已。

「下次見面時，我會替自身罪孽算個總帳。我無論如何都得拯救那傢伙，拯救萊因哈特才行。我無意違背當時做的約定。」

如果是為了那個目的，無論是何物都要捨棄。紅眸祕藏著這種覺悟，令愛莉絲感到絕望。

眼神不同了，那裡面一定已經沒有半點她所帶來的光輝了。

只是充滿了筆墨難以形容的、對自身的斷罪願望（憤怒）。

「……………把事情交給別人處理嘛。」

愛莉絲開了口，即使明白自身的言行是白費功夫。

「對上那種東西是贏不了的，只會死掉的不是嗎？那種事，沒有，意義喔。比起白白送死，不如跟我，一起……！」

愛莉絲心裡明白，不論說出多少愛情囈語，這個男人都絕不會回頭。

「我非去不可，我必須阻止那傢伙。」

男人只看著前方，如今他只看著前方邁著步伐。

朝前方的破滅結局心甘情願地前進著。

「只著眼於打倒那傢伙這一點來看的話，原來如此，的確正如妳所言吧。我根本沒必要出場。然而……我的目的並非討伐，而是救贖。」

啊啊，我明白的。所以這個男人，不會停步。所以這個男人，無法停步。

「『魔物』就算死亡，也不會從過去的束縛中得到解脫。總有一天牠們會復活，重複犯下罪行。只有我可以阻止這件事，能斬斷這種永恆連鎖、讓牠們安息的人只有我。」

我明白的，這種事我已經曉得了。拯救家人（萊因哈特）就是他的宿命。

「不過，做出……！做出這種事的話，你會……！」

如果雷昂也跟其他「魔物」們一樣能復活的話，愛莉絲就不會出言制止。然而……他只要死一次就會結束。

只要死一次，其存在就會永遠消失。

「……請住手，請不要去。」

愛莉絲如此說道，即使已經可以預見結果。

「請不要丟下我，請不要讓我……一個人孤零零的。」

弟子顫抖脣瓣懇求，面對這副模樣，雷昂卻是看都不看一眼。

在腦海裡，在視網膜上，屍人的視野中只牢牢地烙印著師兄的身影。

「……妳在哭呢，愛莉絲。妳也在心中哭泣著。一邊大叫殺了我，一邊一直等待著我。」

在大樹下重逢的那一刻，雷昂確實看到了那個事物。

萊因哈特墮入魔道，讓心靈失控。即使如此，其內側卻仍然殘留著光輝。

憎恨、破壞、試圖凌辱一切，另一方面卻也──

「那傢伙希望有人阻止他。希望我，希望他唯一的家人(family)阻止他。」

怎麼能再次背叛他呢。

這次一定要拯救他，即使要用自己的生命交換。

「…………」

愛莉絲默默無語，一動也不動。她貫徹著站姿，只是望著雷昂。

然而，並沒有什麼東西出現變化。

不久後，愛莉絲什麼也沒說地離開房間——

◇◆◇

數天後，愛莉絲獨自前往那邊。

武器販賣店安・布雷卡普爾。

她大步走過隨意擺放著武具的店內，打開深處的門扉踏進工作室內。

像是鐵鏽的惡臭登時竄進鼻腔，這是鮮血殘留的氣味。直到剛才為止師父究竟遭受了何種對待？駭人氣味令人聯想到這種事情。

漂散著這種臭味的工作室中央，艾蜜麗亞就癱坐在那邊。

她身邊散落著酒瓶……現在正好要開第二十瓶。

「人家酒量很好，至今為止連一次都沒醉過。不論怎麼灌酒，酒都不肯吞噬我呢。」

艾蜜麗亞露出傻笑，一邊將看起來有些憂愁的表情轉向愛莉絲，一邊做出提問。

「……那麼？妳來這裡幹麼？」

「不用說妳也知道吧？」

艾蜜麗亞在這邊冷哼一聲，應該說是刻意的嗎？她提出了別的話題。

「是不久前的事吶，教會認定萊那是『魔王』唷。」

「……『魔王』？」

「嗯、嗯，個體經判斷威脅度遠超特級，就會被分類到那邊吶。那傢伙也變成了不得了的怪物呢。」

接著她淡淡地用言語編織出事實。

「那傢伙的目的是破壞聖都，這一點不會有誤。教會為因應這個事態，擬定了應戰『魔王』時的具體作戰計畫，其中當然也有雷昂的名字。意思就是被當成道具用到報銷的瞬間終於到來了呢。」

艾蜜麗亞的眼眸訴說著她的內心。

——乾脆死了這條心如何？不論怎麼掙扎，那傢伙的宿命都唯有一死唷。

面對這樣的意志表現，愛莉絲從正面反駁。

「還有希望的，艾蜜麗亞小姐。妳跟教會高層有聯繫，請利用那些人脈說服大家。就算無法說服所有人，只要能說服半數——」

「不可能的，差不多也該接受現實了。」

深綠色眼瞳裡充滿萬念俱灰的情感，就像在訴說她的這四年似的。

艾蜜麗亞一定四處奔走過了吧。為了幫助他，為了改變結局。

然而，這一切都以失敗告終……就連看起來是最後一絲希望的再生果實都有如海市蜃樓般消失了。

其結果，就是這個。放棄、拋棄一切的這副模樣，簡直就像是映照自身的鏡子似的。

然而，就是因為這樣，愛莉絲否定了艾蜜麗亞的現在。

「……對妳而言，師父就是這種程度的存在嗎？就算有將近十年的交情，還是要說這種話嗎？跟他在一起這麼久的人一定只有妳吧？比庫蕾雅大人還有萊因哈特先生還要更久，這一路上妳一直陪伴在師父身邊。」

停不下來，從心中溢出的情感化為言語滿溢而出。

「為什麼要放棄呢？為什麼有辦法放棄呢？甚至不惜暗示自己，說這只是金錢往來的關係。如果妳一直是同伴的話，師父他──」

「住嘴，小姑娘。」

艾蜜麗亞深綠色的眼瞳。

寄宿著灼熱情感，一邊瞪視對面的少女。

「妳是說只要人家一直是同伴，雷昂就會放棄約定？……哈，真荒謬！這種未來是不可能的，那傢伙跟其他『魔物』一樣，受到過去束縛而不能動彈。所以……人家這種貨色他連看都不看一眼。」

艾蜜麗亞的視線表達出她的心情。

「妳懂什麼。」

「懂我的什麼。」

「懂我們的什麼。」

「什麼都不知道的傢伙少多嘴喔。」

「已經輪不到妳上場了。」

面對這種意志，愛莉絲開口試圖抵抗到底，不過就在她編織話語前——

「話說回來，妳無權阻止那傢伙喔。」

艾蜜麗亞口中釋出一大串話語，對愛莉絲而言就像挖開舊傷並且在上面抹鹽似的。

「知道雷昂是能夠完全殺掉『魔物』的存在時，妳表現出來的亢奮感……不只是對救世主的敬愛，對吧？」

艾蜜麗亞有如看透一切似地繼續說道。

「我調查了妳的經歷喔。母親變成『魔物』，然後被她襲擊，在這個緊要關頭，雷昂殺掉母親救了妳。那時妳感受到的一定不只是悲哀啦、憤怒啦這一類的情緒。內心也祕藏著一抹不安。母親總有一天會復活再次犯罪的不是嗎？心中確實有著這種不安。」

愛莉絲什麼都沒回答，顫抖的肩膀說明了一切。

「知道雷昂的特異性時，妳產生了無與倫比的安心感。雖然想在母親還是人類時把她殺掉，卻沒能實現這件事。母親變成『魔物』後的命運令妳悲嘆。不過得知母親其實託雷昂的福得以安眠時，妳感受到了強烈的安心感……那麼，我想說什麼妳已經明白了吧？」

愛莉絲咬緊牙根，什麼也說不出口。她只能這樣做。

「妳應該比任何人都還要理解雷昂的心情才對。在這個前提下……妳還要那傢伙住手嗎？自己得到了安心感，卻不准那傢伙收下它？」

簡直像是要給予致命一擊般，艾蜜麗亞撂下後續的話語。

「任性妄為也要有個限度吧，愛莉絲・坎貝爾。」

什麼都無法回應。愛莉絲無法對對手的話語做出任何反擊。

「呆呆站在那邊會妨礙我工作就是了。不過嘛，也行吶，妳要一直待在那也可以。既然如此……要不要跟我一起喝呢，小姐？」

笑意回到艾蜜麗亞臉上，那是放棄一切、極為悲傷的笑容。

這樣的她就在眼前——愛莉絲只能呆呆佇立在原地。

◇◆◇

位於聖都南端的大廣場上，今天也洋溢著人們的笑容。

許多街頭藝人在路上表演，讓觀眾看得入迷。在這些表演中，**他**不斷使出的無數奇幻魔術已經是一種奇蹟了。

觀眾大聲歡呼。用小丑面具掩去面容的他看著這副模樣，一邊用適合面具的口氣說道：

「好，謝謝～謝謝～。這邊戲法要暫時告一個段落～。啊，不用打賞了，我並不是想要錢才做這個的。」

他輕描淡寫地接受在周圍來回飛舞的盛大讚美，一邊行了個禮。

「哎呀，你真的很厲害呢。」

「最後的表演到底是怎麼變的？」

「沒有藏梗也沒有機關～，全～部都是真～的。」

他咯咯地大笑，然後把手放到掩去真容的面具上。

「那麼那麼，雖然還有點早，不過就休息到這邊吧。第二部要開始開始了～♪」

他拿下小丑面具，在那個瞬間，許多民眾都瞠目結舌地張大嘴巴。

並不只是因為露出來的素顏絕美如斯，那副風貌簡直是——

「你、你跟那個人，長得一模一樣耶！」

每個人都在腦海裡浮現一名男子，數年前死在這座城市裡的那個男子。

「哈哈，才不是長得一模一樣咧。」

他咧嘴一笑，堂堂正正地報上姓名。

「我是萊因哈特，萊因哈特·克羅斯萊。」

笑的人……一個都沒有。要斷定這是惡劣玩笑的話，長得實在是太像了。

白銀長髮閃閃動人，美貌就像是天使似的，還有壓倒性的存在感。

這正是昔日所見的、希望的象徵。

「真、真的假的啊……！」

「果然，還活著……！」

民眾相信了他的話語，毫無抗抵地令人吃驚。

大家就是如此難以接受吧，希望象徵在黑暗中溶解消失的現實。因此每個人都對眼前這個好消息深信不疑。

「之前究竟是去哪裡了呢!?」

「哎呀，那件事讓我受了傷，拚了命才治好的呢～」

「既然回來就表示……要從那傢伙手中奪回吧!?」

「嗯、嗯？奪回？」

「奪回稱號啊！『救世』的稱號！那個應該是要由你來繼承的才對吧！那個叛徒。骯髒的屍人從你手中搶走它了！」

「……骯髒的屍人，嗎？」

民眾很亢奮，沒人有所察覺。

沒人發現他微笑的美貌上寄宿著危險色彩。

「嗯，決定了。**第一個人**就選你吧。」

被手指比到後，男人只是莫名其妙地歪頭露出困惑表情。

包括這樣的他在內，天使（萊因哈特）對所有人張開雙臂，就像展開翅膀似的。

「我回來這裡的理由只有一個吶，就是要從這個地獄般的世界裡拯救大家。」

民眾群情激動，每個人都打從心底歡迎英雄回歸，歡迎希望再臨。

如此光景就在眼前，他讓天使美貌閃耀出光輝，撂下後續話語。

「今天，住在聖都的人都會得到救贖。明白這是怎麼一回事嗎？」

所有人都眼神閃閃發亮，期待他奪回並且繼承稱號。

他對這樣的民眾，對這樣的愚者們發出嗤笑。

一邊嗤笑，一邊宣布。

「正確答案是——————**全部殺光**。」

剎那之間，方才還被他指著的男性，左半邊的頭部被轟飛了。

砰咚聲響起，男性倒向地面，裸露而出的腦室溢出腦髓液。

然而，男性立刻跟什麼事都沒發生似地緩緩站起。

是新的表演——事到如今民眾還這樣解釋，萊因哈特朝這樣的他們發出冷笑。有如回應這個笑聲似的……淪為屍人的男人咬斷了附近的女人的喉嚨。

「欸？」

血花如同噴水池般朝天空高高地飛舞。

藍天混雜著赤紅，沒多久就弄髒了群眾的臉龐，在那個瞬間。

「呀啊啊啊啊啊啊啊啊啊啊啊啊啊啊啊啊啊啊啊！」

這是趨近於脊髓反射的動作。所有人都判斷現在的狀況有生命危機嗎？剛才的亢奮感不曉得飛去哪裡了，所有人都一臉蒼白地躍動著。

「哈哈哈哈哈哈哈！逃吧逃吧！你們就是傳令兵！在街上吵鬧吧！說你們的希望！光輝的萊因哈特！為了殺你們而回來了吶！」

就這樣，演員站上舞臺——

第二場慘劇在人們的動亂下迎接開幕時刻。

◇◆◇

在安・布雷卡普爾的工作室裡，在飄散著鐵鏽惡臭的空間中，艾蜜麗亞喃喃低語。

「……一切都結束了呢。」

「……嗯嗯。正是因為如此，任何行徑都能雲淡風輕地去實行。」

一名屍人橫躺在床上，其腹腔從左右兩邊被切開——

如今，最後的加工正藉由艾蜜麗亞之手進行著。

「也有代替品就是了。」

「不，這樣就行。不跨越**最後一條線**，連跟那傢伙戰鬥五分鐘都不可得吧。」

就這樣，最後的加工完成，雷昂被剖開的腹腔堵上的那個瞬間。

「……使者似乎來了呢。」

一隻貓頭鷹從開放式天花板那邊造訪，停在工作桌的桌緣。

牠將無機質的眼瞳望向雷昂等人，一邊張開鳥喙。

「確認天使出現，立刻前往。目標所在地是——」

是說人話的貓頭鷹，艾蜜麗亞說得對，牠正是使者。

正是死亡使者。

「…………」

愛莉絲什麼都做不到，狀況在她面前肅穆地推進著。

「果然來不及事先疏散平民嗎？」

艾蜜麗亞聳聳肩如此嘆息。

萊因哈特造成的慘劇恐怕才剛開幕沒多久。

然而，即使如此，混亂已在大街上漸漸擴散開來。

「……我得走了。」

耳中聽聞從遠方傳來的無數悲鳴，雷昂撐起身軀。

聖都居民一人又一人地喪命，這一切都是自己的責任。殺死他們的人不是萊因哈特，而是這個醜陋的屍人。就算只有一人也好，得盡可能地減少犧牲者才行，然後……

一肩扛起師兄的罪孽，一邊墮入地獄吧。

「偽裝用的故事準備好了吧？」

「嗯、嗯，不用擔心之後的事。」

最後的希望得到實現，雷昂鬆了一口氣。

這次的慘劇不是萊因哈特一手造成，而是跟四年前那起事件一樣，在紀錄上是由屍人引起的。雷昂會遺臭萬年，相對的萊因哈特則是會流芳百世。這正是理想的劇本。

世界已經為了變成這樣而運作中。

目睹這一切後……愛莉絲・坎貝爾開了口。

「請等一下。」

雷昂爬下作業用的床臺，準備前往現場時，在他身後。

愛莉絲把自己的意志放上話語，準備編織出語言。

然而，就像不准她這樣做似的。

「這件事情結束後，妳應該會成為『救世』稱號跟聖劍的繼承者。只要成為勇者，妳就真的能遇見很多人吧。然後，妳會找到的，找到新的棲身場所。」

啥？愛莉絲口中漏出傻氣聲音。

在那之後，她立刻打算吼出反駁話語。

然而在那之前。

「我曾認為自己有義務讓妳幸福，不過到頭來那只是藉口罷了。我利用妳的存在，把你當成拯救自己的藉口，並不是真心希望妳能幸福。這樣的我，沒資格站在妳身邊……所以，愛莉絲。」

直到此時，雷昂才初次回過頭。

然而。

那對紅眸裡沒有慈悲，也沒有溫柔跟憐惜……甚至連曾經懷有的愛意都沒了。

雷昂捨棄了它們。

有的只有，約定。

非拯救師兄不可，只有這個約定驅使著屍人的身體。

正因如此，他——

「讓我們的故事結束吧。」

萊因哈特說過，說要捨棄一切，說只有這樣才能實現約定。

既然如此，那就這樣做吧。

要得到力量，就得失去些什麼。如果這就是愚昧屍人的宿命……

那就捨棄一切吧。

「這種事——」

誰會認同啊——愛莉絲是想要這樣說吧，然而在那之前，艾蜜麗亞就繞到她身後朝後頸釋出一記手刀。

「嗚……」

愛莉絲發出小小的苦悶叫聲，屍人撐住她倒下去的身軀。

一邊流露自身的悲哀。

「……原諒我吧，愛莉絲。我是懦夫，是可悲的膽小鬼，不論怎麼掙扎都沒辦法變得像妳那樣。我絕對沒有感到恐懼時足以支撐心靈的強大勇氣。」

沒有勇氣的屍人追求的是，自暴自棄的力量。

每次自暴自棄，心靈都會確實地損耗著，最終連對生命的執著都會捨棄——他是這樣思考的。

而如今。

失去了比任何事物都還要珍惜的那個事物後。

不想死的恐懼心，漸漸變成想要死去的願望。

雷昂一邊體會這件事，一邊編織話語。

編織出要給弟子的最後一句話。

「變得幸福吧，連同我這個愚昧屍人的份一起。」

師父單方面地說著，弟子單方面地聽著，這種會話。

就是師徒最後的交流。

接著，愛莉絲閉上眼皮，隨即——

雷昂抱著她，將她放上床臺後，從腰際卸下聖劍。

「從今天起這個就是妳的東西了。如果是妳，一定能成為配得上聖劍的勇者吧。」

雷昂輕撫她的白髮，下定決心這是最後一次。

「……我身上已經什麼都沒剩下了。不過，就是因為如此。」

才能得到必備之物——雷昂一邊如此確信……

一邊望向艾蜜麗亞。

「幹麼啊，快點——」

「至今為止真的很抱歉。」

屍人低下頭，一邊如此說道。

因為這是最後一次了，因為再也沒機會交談了。

雷昂吐出非說不可的所有話語。

「直到最後我還是無法回應妳的情感，然而卻強迫妳奉陪到這個地步。我真的感到很抱歉。」

面對低垂著頭的屍人，她——

「……快點去死吧，臭屍人。」

把背轉向他後如此說道。

雷昂也一邊背對她一邊說道：

「謝謝妳，艾蜜麗亞。」

就在此時，背後傳來輕響。在那瞬間，雷昂右手倏地一震……

然而，他並未停下腳步。

離開店裡，走進喧鬧聲中。

民眾如同濁流般來回流竄，屍人一邊推開他們的肩膀一邊前行。

為了實現約定。

為了結束一切。

「……萊那。」

四年前的慘劇成為回憶，浮現在腦海中。

屍人的時間，如今正變回過去的時光。

「這次我一定會……」

一邊品嘗當時感受的後悔，一邊品嘗當時感受的憤怒。

雷昂邁步而行，即使知道等在前方的是自己的末路也一樣。

——連一次都沒回頭望向後方。

屍人之罪與夢的終結

【回憶Ⅱ】

——有人揶揄我是難看的小角色。

——有人笑我是礙手礙腳的累贅。

——即使如此我還是能老老實實地不斷前進，是為了什麼呢？

——是為了什麼才想追上去，挺起胸膛與他們並肩而行的呢？

——因為他們說相信我。

——因為我發過誓要守護他們。

——然而。

——雷昂·克羅斯哈特。

——為何你卻。

——為何我卻。

Only I know
the Ghoul saved
the world

夜行殺，這個名號為眾人所知已經是七十年以上的事情了。
即使包含已經持續將近二千年的舊時代在內，被害者數量也是史上最多。
而且他只在夜間犯案，又會在現場留下用鮮血書寫的詩篇，是因為以犯罪為樂的風格很受作家歡迎嗎？以那傢伙為題材的作品可說是不計其數。
長期以來身分不明，隱藏在神祕面紗下的連續殺人魔。
其真面目就是擁有紅眼的「魔物」。
種族是吸血人，擁有的力量是壓倒性的身體能力，以及超乎常軌的再生力。
……如果是普通吸血人的話，就只有這兩個能力。
威脅認定等級雖有個體差異，卻沒發現過超越二級的吸血人。
然而那傢伙，夜行殺卻是常識之外的存在。
那傢伙擁有其他個體所沒有的兩個特異能力。
一個是變貌。那傢伙擁有將人類變成「魔物」，並且進行操控的力量。
而且這個能力沒有上限，慘遭變異者殺害之人也會變成「魔物」。
因此——如今地獄正在聖都內側不斷擴張著。
「喔喔喔喔喔喔喔喔喔喔喔喔喔喔喔喔！」
四面八方來回飛舞的悲鳴與叫聲中，混雜著師父（庫蕾雅）的吆喝聲。
過度龐大的數量，以及變成「魔物」的民眾的壓力讓她處於下風。

她身為最完美又最棒的勇者，如今卻落於下風，光是自衛就得費盡全力。

另一方面，我跟萊那則是——

兩人肩並肩與那傢伙對陣中。

「——啊啊，真討厭吶。我明明只是在觀察的說。」

有如歌詠般織出的聲音，是足以令耳聞之人意亂神迷的美聲。

那傢伙光是站著，就會讓那邊變得像是另一個世界般華美。

美麗。

這個字彙就足以形容那傢伙的外表。

頭髮很美麗，肌膚很美麗，嘴唇很美麗，五官本身很美麗。

就連舉止跟紳士服的穿著都是，構成那傢伙的一切都美麗過頭了。

然而在此同時……那個美麗也聯繫著駭人感覺。

夜行殺。

那傢伙依舊不改優雅站姿，打開拿在右手中的厚重筆記本。

「觀看人類的生死，編寫出好詩篇，我的存在意義僅此而已。只是為此而生的流浪詩人吶。對這種人如此使用暴力，你們不會很過分嗎？」

連漏出的嘆息看起來都帶有美麗色彩。

我一邊瞪視這樣的殺人魔，一邊朝站在旁邊的師兄丟出話語。

「聽好了，萊那。不能看那傢伙的眼睛喔，那是邪眼之類的東西。」

夜行殺擁有的固有力量，其第二項就是邪眼。

「只要看到心靈就會被吞噬，發狂到最後走向死亡。視線要一直放在那傢伙腳邊，聽到沒？」

「都說懂了～……不過夥伴啊，對你行不通吧？」

在開始戰鬥前，我就跟那傢伙的邪眼四目相接了。如果是普通人的話，在那個時間點上就已經是必死無疑了。然而理論雖然不明，我的身軀仍是抵消了邪眼的效力。

只不過……似乎並不是完全把影響無效化就是了。

「打從剛才就有一種奇妙的感覺在侵蝕身體。雖然沒有直接造成影響……不過演變成長期戰的話，就不曉得發展成怎樣的問題了。」

「唔～……我對這個感到有～點介意吶，總之這次就——」

「嗯、嗯，這次應該以我為主力採取行動吧，所有事都交給我。」

「呀～！雷昂好帥氣～！」

我們互相開著玩笑，這讓那傢伙露出不太開心的表情。

「看起來挺從容的呢？」

「這是當然的囉～，我們才不輸給你這種三流角色吶。」

「喔……你也想著同樣的事情嗎？紅眼同胞？」

「當然，只要我在萊那身邊，就絕對不會敗北。」

我如此回應後，那傢伙不知為何用銳利眼神望向我。

「——我改變主意了，就把此時此刻變成你人生故事的分歧點吧。」

接著，他將視線移向旁邊。

夜行殺凝視萊那……一邊讓嘴角露出笑容，簡直像是要體現惡意似的。

「萊因哈特．克羅斯萊。你的變化讓人不得不感嘆呢，**明明扭曲到那個地步**，如今卻確實地變得率直了。」

「……啥啊？你是在說什麼？」

「哎呀，忘了嗎？還是說沒注意到呢？」

那傢伙臉上貼著噁心笑容，說出了那件事。

萊那的過去，以及隱藏在裡面的真實。

「你的妹妹……記得是叫蕾咪吧？她屍身旁邊有**掉著一張紙吧**？」

萊那的肩膀登時一震。

是覺得那個反應很奇怪嗎？夜行殺一邊輕笑，一邊堆疊話語。

「哎，也很正常啦，畢竟重要的妹妹被弄壞了，當然沒辦法注意到腳邊囉。不過……你連一點點疑惑都沒有嗎？像是妹妹的遭遇實在過於悽慘，人類根本幹不出這種事這樣？」

駭人殺人魔讓喉嚨發出響聲，咯咯咯地笑道。萊那小聲且簡短地詢問那傢伙。

「……是你幹的嗎？」

那個回答果然是。

「沒有喔？我只是旁觀而已呢。看著變成『魔物』的人們弄壞你妹妹的樣子。」

那傢伙是這樣說的，你妹妹直到最後一刻都在呼喚哥哥的名字。

即使幼小蓓蕾慘遭侵犯，心身被弄壞，仍是不斷呼喊著。

「哥哥救救我～這樣。像這樣悲嘆的你妹，該怎麼說呢，沒錯──真的很滑稽呢……聽到這句話的瞬間。」

萊那緊握雙劍的手充滿激烈的力量，接著。

「你這傢伙啊啊啊啊啊啊啊啊啊啊啊啊啊啊啊啊啊啊啊啊啊啊啊啊啊啊！」

大聲吼叫，就像發飆的野獸似的。

「唔……！等等，萊那！」

那傢伙衝向前方，就像要甩開制止聲音般。

朝向夜行殺，朝向宿敵，朝向妹妹的仇人。

「喔喔喔喔喔喔喔喔喔喔喔喔啊啊啊啊啊啊啊啊啊啊啊啊啊啊啊！」

劍軌變得亂七八糟。

即使如此，萊那仍是不世出的天才。

雖然被負面情緒支配，失去了平時的行雲流水，但戰鬥能力並未變差。

不如說那種粗野讓敵人很難預判攻擊。

「喝啊啊啊啊啊啊啊啊啊啊啊啊啊啊啊啊啊啊啊啊啊啊！」

攻勢十分駭人。

看到那種躍動我有了確信，這才是萊那的精髓。

比起保持平靜，用心駕馭習得的技能，靠本能行動還比較強。

我就如此斷言吧，現在的萊那正行使著比平常還強一倍的力量。

……然而。

「舞動吧舞動吧，萊因哈特。更激烈地，更雄糾糾地跳舞，就像要把你的光輝刻進去似的。」

那傢伙，夜行殺他。

完美地封住那個萊那。

「不可能……！」

會輸。

師兄，好友，我的憧憬，我的驕傲。

會輸給那個殺人魔。

「咕……！」

就算我想支援，也無法出手相助。

眼前的鬥爭處於另一個次元的領域，就算我這種貨色參戰，也只會成為累贅。

「可，惡……！」

自己的不中用讓我咬緊牙根。明明宣布自己要做為主力而行動，卻是這副鬼樣子。

我只能祈禱，只能祈禱萊那勝利。

然而……

「露出破綻了呢，萊因哈特。」

夜行殺從右手伸出血色刀刃，刺向萊那的胸部。

「嗚嗚……！」

預感到最惡劣的未來，我的身軀倏地一震。

接著。

勝負分曉的時刻來臨。

「——開~玩笑的啦。」

宰制勝負的人，並非夜行殺。

而是吾之師兄，也是好友的萊因哈特・克羅斯萊。

那傢伙直至先前的怒氣就像騙人似的……不，實際上就是在作戲吧。

以行雲流水的身法閃過敵方的突刺。

「喝呀！」

用袈裟斬斬裂夜行殺的軀體。

「嗚……」

殺人魔喀血倒向後方。

萊那一邊用劍刃指向那傢伙，一邊滔滔不絕地織出話語。

「你這傢伙說得沒錯喔。我啊，已經變率直了吶。」

托師父（母親）跟小弟（好友）兩人的福……

這樣的一句話，以及投注其中的情感讓我發出感嘆的嘆息。

就算只有一瞬間，我仍是懷疑了萊那會勝利，這樣的自己令我羞愧。

那傢伙不會因為這種小事就亂了心神，不會在他那種邪惡面前屈膝。

那傢伙是照亮人心的光輝。

那道光輝絕對不會蒙塵。

「萊那……！你果然是我的……！」

與過去訣別，注視現在，企圖創造美好的未來。

好友的這種身影，正是我的驕傲。

「讓我結束這一切吧，夜行殺。」

要分勝負了。師兄的劍刃會在下個瞬間貫穿敵人的心臟，其身軀也會化為腐汁吧。

如此一來，這次的事件就解決了。

之後就掃蕩失去統率者的「魔物」，完全結束掉一切——

「啊啊，是呢。要結束了，不過是你的一切，吶。」

——剎那間。

眼前發生過於異樣的光景。

靜止著，整個世界都完全停止了。

師兄舉劍準備給予敵方致命一擊，師父獨自一人試圖擊潰大軍。

任何人，任何事物都一動也不動。

連周遭那不絕於耳的悲鳴與破壞聲響都停止了。

「這是……!?」

在靜止的世界中，只有我……不，不對。

那傢伙，夜行殺，他在此時喉頭咯咯作響笑了。

「忘記了嗎？你正受到我的能力影響著。」

這個狀況是那傢伙一手造成的嗎？就在我如此理解的下個瞬間。

跌坐在地上的夜行殺撐起身軀……凝固自身血液，創造出一把紅劍。

瞬間，我渾身戰慄。

「嗚！住手！」

「啊啊，我會住手的，如果你能犧牲自己的話吶。」

那傢伙果然。

逼我做出究極的二選一。

「接下來我會緩緩刺進萊因哈特・克羅斯萊的胸口。想阻止的話，就用那邊的槍射擊我，如此一來就能解決一切。不過……相對的，我會奪走你的性命。子彈命中的同時，你的腦袋也會飛舞至空中吧。」

話剛說完，那傢伙就按照他宣布的行動了。

紅劍緊握手中，劍尖漸漸被吸進萊那的胸膛。

「嗚……！你、你這傢伙……！」

我舉起槍，為了轟飛那傢伙的腦漿。

然而。

「怎麼了？扣下扳機啊，扣看看啊？這易如反掌吧？只要稍微動動指尖就行了。」

這個小動作就能解決一切。

——以自己的性命做交換。

如此心想後，我就——

「動不了，沒有動。沒錯，這就是你的本質吶。」

劍刃漸漸沉入，萊那的性命一點一滴地喪失著。即使目睹這幅光景，我還是——

「比任何人都愛惜自己，只要自己好就行了。只要自己能得救，不論是好友或是意中人都能犧牲。這就是你的本性。」

我想要否認，非否定不可。

明明只要稍微動動手指，就能做到這件事地說。

我被恐懼吞噬，連一根手指也動不了。

「你並沒有愛著這兩人吶，只是依賴他們撒嬌罷了。想要守護的話語，以及想要變強的話語都只不過是虛妄。正因為如此——」

那傢伙的手邊充滿殺氣。

只剩下一點點的時間。

我非選擇不可。

用自己的性命做交換。

拯救萊那，拯救好友，拯救大哥，拯救比任何事物都重要的家人。

「嗚，喔，喔喔喔喔喔喔喔喔喔喔喔喔喔喔喔喔喔喔喔喔！」

我一邊大吼，一邊移動手指。

乾燥聲音響起，然而——射出的子彈並未朝那傢伙的頭部前進。

而是撞上站在遠處的路燈，然後消失了。

「看吧，你果然還是你呢。」

劍刃毫不留情地前進，然後。

「——好好品嘗**第三次的後悔**吧，品嘗足以令心神瘋狂的情感。」

嘲笑般的聲音進入耳中，就在此時。

一切都結束了。

那傢伙的劍貫穿萊那的胸膛，接著。

靜止的時間動了起來。

「咯啊……」

那傢伙，萊那他。

胸口被刺，倒在地面上。

「怎麼會……………」

回過神時，我也頹倒在地。

我站不起來，膝蓋沒有力氣。

「……騙人的，這種事。不可能。不可能。不可能。」

我感到愕然，一邊有如呆子般重複同一件事。

我只能這樣做來否定眼前的現實，夜行殺走至身邊。

「萊因哈特之死是你招來的結果，你殺了他。」

「嗚……！不、不是的！我！我、我是……！」

後續的話語並未說出口，畢竟。

「啊啊，是呢。你見死不救了唷。因為愛惜自己，捨棄了比任何事物都重要的好友。」

我想要否認，然而卻做不到，因為這是鐵一般的事實。

「嗚，嗚嗚，嗚啊，啊……」

牙齒喀噠喀噠地作響。那傢伙一邊嘲笑這種醜態，一邊說道：

「你正是死神吶。**前一個人生也是，更之前的人生也是**如出一轍。」

然後他右手向上一揮，就像要斬落走上斷頭臺的犯人的頭顱似的。

「我是想說沒有第四次就是了。那麼，會變成怎樣呢？」

那傢伙的手，變成利刃形狀的那隻手緊逼而來。

我動不了。只能膽怯困惑，喀噠喀噠地發著抖。

然而。

「嗚喔啊啊啊啊啊啊啊啊啊啊啊啊啊啊啊啊啊啊啊啊啊啊啊！」

吼叫。它出自於倒地不起的師兄——萊那的嘴裡。

剎那間，割裂肌肉的聲音響起。

萊那從背後貫穿了夜行殺的胸膛。

「咯噗……」

咯血，殺人魔的嘴角滴落紅色液體。

然而，即使自身之死就在眼前，那傢伙卻沒有膽怯，不如說他還愉快地笑了。

「真正的，慘劇，從現在才要開始呢，死神。」

漸漸溶化，黏呼呼地，黏呼呼地。

不久後殺人鬼的身影消失，只留下腐敗肉汁。

然而，並沒有「生證石」。哪兒都沒有那傢伙死掉的證據。

然而，這種事已經無關緊要了。

「萊、萊那……！」

那傢伙在我眼前倒下。我撐住那副纖細身軀…………然後整個人呆住了。

眼睛，萊那的眼睛。

正轉變為非人者的眼瞳。

右眼變成紅色，左眼變成青色。

那傢伙將這種雙色瞳望向這邊，一邊在我懷裡有如囁語般說道：

「欸，夥伴……為什麼，不肯幫助我呢？」

他一邊編織話語。

「以為默不作聲我就不會發現嗎？」

萊那他。

「啊啊，遺忘的感覺又回來了呢，這都是託了你的福。」

笑著。

紅眸流著淚水。

青瞳寄宿憎恨。

然後。

「做為回禮我就殺掉你吧，你這個————————叛徒。」

回過神時，我失去了右臂跟左腿。

我失去了單邊的手腳。

「哈哈！哈哈哈哈哈哈哈哈哈哈哈哈！這是啥啊!?這是啥啊!?既開心又噁心又棒到極點的不愉快吶！哈哈哈哈哈哈哈哈哈哈哈哈哈哈哈！」

萊那俯視趴在地上的我，一邊發狂似地大笑。

那副姿態已經不是人類了……話雖如此，卻也不是「魔物」。

「啊啊！啊啊！啊啊！又開心又惡劣到不行！活下去吧，夥伴！現在立刻！」

話語顛三倒四，然而朝我釋出的卻是純粹的殺意。

有如回應這種情感似的，我面前出現巨大冰柱——

會被壓扁，在我抱有這個確信的下個瞬間。

「雷昂！」

師父站在我面前，用灼熱的「神祕」將冰柱融光。

「還好被妨礙了……！這是在幹什麼啊，師父！」

矛頭對準師父，這讓她拔出聖劍。

「…………一切都是我應該要背負的罪孽。」

感覺就像一根銳利釘子被敲進心臟似的。

即使被「魔物」團團包圍，師父應該也有看到來龍去脈才是。

然而，她卻沒有責備我，斬釘截鐵地說一切都是自己的責任。我對這樣的她——

「師，父……！」

伸出手，我只能這樣做。

不久後，兩人的戰鬥開始了。

愛著彼此的師徒展開淒絕死鬥，其結果究竟是——

「喝！」

「咯!?」

師父斬裂萊那的軀體。

然而，是她心中仍有迷惘嗎？踏出去的步伐略微淺了些。

因此沒能將萊那斬成兩半，他身負重傷，有如要逃走般飛奔而出。

「不讓你撤退……！要在這裡收拾掉……！」

在眼瞳裡寄宿悲痛覺悟後，她也踹向地面。

漸漸遠去，漸漸遠去。一邊在街道上刻劃激烈戰痕，兩人一邊遠去。

「嗚，啊……！」

我撐起身軀，勉強用單腳站立，一邊全神貫注維持平衡感一邊移動。

追尋兩人的那個路途正可說是——

將自身罪孽清清楚楚擺至眼前般的旅程。

「母，母母，母，母親親親親親親。」

曾是女兒之物將母親生吞活剝的模樣。

「嘻嘻，嘻，嘻嘻，玩球，好開心，唷唷唷唷唷唷唷唷。」

曾是弟弟之物扯下哥哥的腦袋，有如玩具般將它滾著玩的模樣。

「……我，做了什麼啊。」

令他們變成「魔物」的人並非夜行殺。

是萊那這樣做的，萊那創造了這個地獄。

然而，讓事情變成這樣的元凶卻是我。

「師父……！萊那……！」

我四處徘徊，一邊找尋兩人的身影。

不久後，我抵達了那邊。

聖都中央廣場，萊那在那邊。

「真是，不可思議吶。一切看起來都是，可恨得，無可復加呢。」

不論是人是魔都無所謂，殺了又殺殺了又殺，不停地殺戮。

「我………」

師兄咯咯咯地笑著，對虐殺感到愉悅。

一想到這一切都是因為自身的軟弱。

我就變得無法站立。

「啊啊，夥伴，你在這裡啊。」

望向癱坐在地上的我，萊那大聲吼道：

「給我等在那邊快逃吧！我現在就過去不想殺你啊！」

他緊握雙劍衝向這邊。

我動彈不得，提不起勁做任何事。

在這樣的我面前。

「住手，萊那！」

那個人，師父她，有如庇護我似地站著。

下個瞬間——萊那揮出的劍刃將她的身軀斬成兩半。

「………………欸！」

傻氣聲音從我口中發出的同時。

萊那口中也發出聲音。

「師父……」

那傢伙凝視師父悽慘無比的模樣。

「哈，哈哈，哈哈哈哈哈哈，妳、妳！如果再早點，過來，的話！妹、妹妹就！哈哈！哈哈，哈，哈……啊……啊啊……………啊啊啊啊……………啊啊啊啊啊啊啊啊啊啊啊啊啊啊啊啊啊啊啊啊啊啊啊啊啊啊啊啊啊啊啊啊啊啊啊啊啊！」

他在哭，一個勁地哭喊著。

情感全被染成同一個顏色，萊那的臉龐上只寄宿著悲哀。

此時，那傢伙展開純白雙翼。

「欸，夥伴。」

一邊灑落白色羽毛。

「拜託你了。」

將那句話語。

起誓的話語。

約定的話語。

詛咒的話語。

刻進我的靈魂。

「下次見面時，到那個時候——————請你，把我，殺掉。」

他拍打白色羽翼，朝灰色天空飛翔。

那傢伙沒多久就完全消失了身影……

在那之後隨即。

「全部，都是我的，錯……」

軀體被斬成兩半的師父，從口中發出聲音。

「唔！師父！」

我不顧一切地在地面爬行，前往她身邊。

師父臉色蒼白，那兒沒有她平時的氣勢。

她已經不是「救世」勇者了。

只是一個悲嘆自身悲劇的孱弱女人。

「雷昂……萊那……我，把你們……」

「不對！不是妳害的！是我！是我把那傢伙！」

我不斷地不停地一而再再而三地呼喚著。

然而，師父空洞的眼眸裡卻沒映照出我的身影，有如魚兒般一張一闔地動著嘴巴……

「對，不起……對不……起……對，不，起……………」

流下一行清淚，渾身滿是悲嘆與後悔。

我的師父，我的母親。

我心愛的，比任何人都還要美麗的人類。

簡直像是被狠狠摔到地上的破銅爛鐵般，停止了呼吸。

「為什麼……」

在師父的亡骸面前，我發出聲音。

既是懺悔，也是後悔，以及——對自身懦弱的憎惡。

「為何我……」

與兩人一同度過的日子，與兩人的回憶。

對兩人的情感。

浮現腦海。

「從今天起，你就是雷昂・克羅斯哈特。」

這是萊那跟師父，將他們的姓氏各分一半替我取的名字。

是我們的羈絆永遠存在的證明。

「有收你為弟子真是太好了，雷昂。」

兩人賜予了我，真的賜予了我許多事物。

名字，存在意義，做為人類的情感，棲身場所。

然而，然而我卻——

「你沒愛著那兩人吶。」

夜行殺的聲音在腦中響起的瞬間。

我體內有某種東西壞掉了。

「啊，啊啊，啊啊啊……」

全身擅自發起抖。

然而，卻沒流出淚水。無法流出淚水。

這個屍人的面容，即使在這種時刻也絕不肯——

絕不肯做出表情。

「啊，啊，啊啊啊……啊啊啊啊啊啊啊啊啊啊啊啊啊啊啊啊啊啊啊啊啊啊！」

沒有淚的痛苦，這一定是處罰吧。

是對愚昧屍人的處罰。

就在像說你連流淚的資格都沒有。

「嗚啊，啊啊啊，啊啊啊啊啊啊啊啊啊啊啊啊啊啊啊啊啊啊啊啊啊啊啊啊！」

我大聲喊叫。

在地獄中不斷吼叫。

吼出悲哀，還有憤怒。

以及對自身的，詛咒。

——對我來說，師父明明是無人可以代替的女性。

——對我來說，萊那明明是無人可以代替的大哥。

——為何捨不得性命呢？

——真虧你敢用這副鬼樣子說要守護兩人。

——我的任性，我的軟弱帶來了這種下場。

——對我而言，對世界來說，師父跟師兄都是必要的存在。

——然而我卻不同，我的生命沒有半點價值。

——如此醜惡的怪物，弱小的愚者，為何留了下來？

——當時我。

「我，應該要死去的……！」

有如呻吟般撂下話語後，我望向掉在地上的聖劍。

如果能用它的刀身貫穿自己的喉嚨，一定就能輕鬆了吧。

世上不能有如此愚蠢的怪物。

——然而，即使如此，我也不能死掉。

在這裡死去才是背叛。

「萊那……」

墮入魔道的那傢伙，被踢入魔道的那傢伙。

如今也在某處哭泣著，一邊大喊殺了我，一邊哭喊著。

一想到那副模樣我就。

「……無法被原諒，逃避是不會被原諒的。」

一邊將自己對死亡的渴望收進胸口深處，一邊下定決心。

要把師兄。

把好友。

把萊那。

「得將他救出才行……」

在遙遠的彼方，稜線的另一側，太陽緩緩西落。

這種光景簡直像是。

——在暗示屍人的美夢結束了似的。

【EPISODE V】光輝的奇蹟與悲哀終結的場所

Only I know the Ghoul saved the world

——想說出口的事。
——說不出口的事。
——有想做的事，有做不到的事，有無法替對方做到的事。
——這種事明明還有好多好多地說。
——卻只能在矛盾中掙扎。
——自己能維持自我的時間只剩下一點點。
——既然如此，至少也要告訴那傢伙一件事。
——欸，夥伴。
——我對你。

在萬里無雲的青空下。

萊因哈特．克羅斯萊發出沉吟。

「這裡就是，我還是小鬼時的夢想吶。」

在蓋滿豪宅的上流階級領域——聖都中央的二號街道的一角，他繼續說道。

「我也想過要讓妹妹，要讓蕾咪幸福。不過我對自己的現在跟過去……也同樣憎恨。某天雙親突然被殺，甚至失去住所孑然一身、變成髒兮兮的小鬼，我曾想過自己絕不要就此終結一生。」

紫色眼眸，融合人心與魔心的它映照著眼前的宅邸。

「即使在妹妹死後，那個野心仍舊盤踞我心中。所以……成為獨當一面的冒險者時，我買下了這棟宅邸。我並不是想過奢侈的生活，只是想做個了斷而已。是為了完全揮別過去，朝前方邁進的儀式……我最初對這棟宅邸，就只有這種程度的認知吶。」

他瞇起雙眼，讓嘴角露出笑意。

萊因哈特腦中浮現當時充滿光輝的情景。

「……很開心吶，在這裡的生活。跟好友幹蠢事，被師父責罵，這種日子過著過著，在不知不覺間這裡變成了我的棲身之所。」

回憶有如黃金般美麗，然而——

如今它卻無法消除滿心的憎惡。

正是因為如此。

才為了破壞一切而來到這裡。

「……真是不可思議吶，曾經覺得那麼尊貴的事物，如今看起來都很混濁。」

然後，萊因哈特環視周遭。

地獄繪圖，附近一帶盡是應該要如此形容的光景。

變成屍人的居民們襲擊、凌辱、吞噬著人類。

慘叫聲不絕於耳，悲劇不斷上演。即使如此——只要抬頭仰望天際，天空仍是一片蔚藍。

懷念情緒湧上心頭。

「總是如此。在重要的日子裡，總是一片藍天。雙親被殺的那天也是，妹妹死掉的那天也是，初次被師父誇獎的那天也是，還有——」

聲音響徹四周。

一發槍聲響徹四周。

有如要斬裂情感的它。

宛如要擊碎過去的它。

就是那個男人來到現場的證據。

「——欸，還記得嗎？與你相遇的那天，也有著這麼一片藍天吶，夥伴。」

萊因哈特的世界漸漸失去情報。

對聖都的憎恨，對人們的殺意，源自於過去的情感都消失了……

最後僅剩下一個，僅剩下屍人這個存在。

紫瞳牢牢捕捉著紅眸。

紅眸牢牢捕捉著紫瞳。

在他的世界裡，也只剩下對昔日好友（萊因哈特）的思念。

從那天起過了四年，跨越一千個夜晚，歷經有如活地獄般的日子，終於——

雷昂·克羅斯哈特做出宣言。

「——好友啊，我來實現約定了。」

徬徨的屍體抵達了最終目的地（goal point），那是自身罪孽與悲哀告終的場所。

雷昂注視這一切的眼瞳很黯淡，卻是一片清明。

沒有任何迷惘，沒有任何矛盾，要送師兄的魂魄升天。

這個愚昧屍人堆疊痛苦至今，就只是為了這個目的。

「哈！感覺像是準備充分……不過什麼事都有順序，對吧，夥伴？想進行復仇戰的話，就要先打倒暖場的對手才行吶。」

萊因哈特啪噠一聲彈響手指，在那個瞬間，激烈破壞聲響徹四周。

周圍排列著建築物，大批屍人打破它們的牆壁、窗戶、一氣呵成地襲向這邊。

周遭一帶的居民已經都被變成「魔物」了……其數量不只是一千二千。

要單身匹馬顛覆這個壓倒性的物量，單憑**過去的**雷昂是不可能的。

只能像是被濁流吞沒的小狗般，帶著畏懼迎接不堪入目的下場吧。

然而，如今則是。

——為了證明這件事，雷昂採取行動。

在大批敵人從四面八方逼近的情況下，雷昂有如展開雙翼般抬起左右手。

「鋼武術式——**雙重展開**。」

剎那間，他的左臂與右臂同時蠢動，突破暗色大衣的袖子。

第參魔裝：殺戮者的走牙（thrasher·bite）。

聚集無數利刃創造出來的大蛇，原本只會單獨躍動。

然而此時此刻，創造出來的大蛇卻有兩隻。

不只右臂，連左腕都變成這樣了。

接著巨大雙蛇有如長年相伴的配偶般，一左一右描繪出相同的軌道——

將數千數萬隻屍人盡數吞噬。

之後只剩下腐敗肉汁，以及發出鈍重光輝的「生證石」。

「喔？看樣子我那番話語，似乎比想像的還要更加打動你的心吶。」

左右雙臂恢復原本的狀態。萊因哈特一邊凝視屍人的手臂，一邊笑道：

「連**剩下的手腳**都切斷了吶，這可不是普通的決心呢。對吧，夥伴啊？」

因為四年前失去單手單腳才得到的、只屬於自己的個性（original）。

雷昂擁有的力量就只有這個，屍人僅能藉由失去得到力量。

所以——他捨棄了一切。

可恨的自己已不復存，因為已經失去了一切。

弱小的自己已不復存，因為已經捨棄了愛情。

雷昂·克羅斯哈特如今處於身心都很完美的狀態。

「ＯＫ，ＯＫ，暖場結束了。你都展現了這種程度的好東西，那我也不能擺架子了吶。」

萊因哈特使勁緊握拿著鋼劍的右手。

「話說～，好久沒這樣了不是嗎？我們一對一（單挑）戰鬥。如此一想後，總覺得感觸良多呢……哎，先不提這個了。」

他一派輕鬆，臉上甚至浮現沉穩笑容。

「一千兩百八十八戰，一千兩百八十八勝，無敗。這次我也要守住這個紀錄……喔！」

踏出步伐。

駭人臂力在大地上留下爪痕，無數土塊飛至天際。

它們開始墜落時，萊因哈特已經逼近至雷昂眼前——

刺出銳利的一擊。

利刃描繪猙獰軌道殺向這邊，這果然不是之前的雷昂能完全閃過去的招式。

左腿就構造而論，展開鋼武術式時會因為超重而無法隨心所欲地躍動，因此平常雷昂只能拖著左腿步行，而且也無法奔馳。就是因為有這些情況，因此並不建議使用者主動進行近距離戰鬥。

然而現在，當雷昂切斷右腿，將那邊換成鋼鐵義肢後，情況也隨之一變。

至今為止由一隻義腿獨挑大梁的情況，變成了兩隻分工合作的形式，雷昂也因此取回曾經失去的輕盈身法。

他流暢地使出側墊步，以毫釐之差的時機躍向一旁，閃避劍刃。

「哈哈！切掉腿果然值得吶，夥伴！」

即使攻擊遭到閃避，萊因哈特的從容態度仍未消失。

有如回應他的思緒般。

方才踏出步伐時飛向天際的土塊，在虛空中變化為無數利刃。

伏筆已經埋下。

「如果看準你著地的瞬間，那會如何呢？」

低吼聲轟然響起，出鞘利刃群殺向雷昂的周身。

淹沒視野的利刃是狙擊著地瞬間的殺招。進入下個行動前，會在這個節骨眼上產生一瞬間的時間差。如果是普通人的話，理所當然會成劍山，然而——

「噴射機構‧發動（booster on）。」

在數瞬過後就有死亡等待的這種狀況下。

全身回應了雷昂的聲音。

雙腿處的裝甲有一部分展開，接著從背部伸出無數管狀器官，突破暗色大衣。最後就在利刃緊逼而來碰觸到他皮膚的那時。

「——加速（accelerate）。」

管子噴射出超高熱度，完全沒有半點時間差地將雷昂全身運向旁邊。

龐大利刃群失去目標，悉數落空。

刺進地面的它們變回土塊，還原成大地的一部分。

「……哈哈，真的假的啊夥伴，做到**這個地步**啊？」

萊因哈特混雜著少許吃驚與強烈喜悅，一邊如此笑道。

「想不到為了我，居然連身體內部都改造了吶。」

紫色眼眸靜靜瞇起，就像要透視雷昂的皮膚與肌肉檢視內部似的。

「嗯、嗯、嗯，原來如此，原來如此。只留下心臟跟最低限度的骨骼，其餘的全部置換掉了，而且連剩下的骨頭都加工過吶，那個管狀物就是最好的證據。」

天使吊起嘴角，一一看穿屍人的所作所為。

「再來就是……把腸子全部拔掉，將『聖源』供給機構整個替換進去吶。你每次消耗『聖源』時，養分都會從那邊流遍全身。具體的說…………………就是用**人類血肉加工製造而成的藥液**。對吧，夥伴？」

沒必要隱瞞，雷昂點頭表示同意。

「哎，這樣效率最好吶。不過啊，把這種東西打進身體裡可以嗎？你一直在避免這種事吧？」

正如他所言，至今為止雷昂一次也沒攝取過來自人類的物質，因為他害怕做出非人者般的行動會失去人心。然而……已經沒必要這樣想了。

要說那是為何的話——

「這裡就是我的終點，沒有以後了。我要送你上天堂，然後……」

一肩扛起自身罪孽與好友的罪孽，背負一切墮入地獄。

因此不論是人道還是魔道，雷昂都捨棄掉了。

他的肉體甚至不再是「魔物」，這副模樣應該用人型決戰兵器來稱呼才對。

「讓我結束掉一切吧。」

以冷硬語調撂下悲壯決心後……這次是由雷昂這邊主動出擊。

雷昂筆直地向前突進，萊因哈特有如要迎接他般微笑。

「直來直往的攻勢我並不討厭就是了……可惜，我想使壞了吶。」

無數冰柱突然顯現，就像要包圍他似的。是讓大氣中的水分凍結創造出來的吧。下個瞬間，它們有如要貫穿雷昂的身體般飛馳而出。

其速度激烈無比，再配合上他的推進速度，體感速度應該變得遠比實際速度還要快才是，然而——

「——好慢。」

映照在眼中的所有事物，感覺起來都好遲鈍。

雷昂全身沒有半處是沒經過改造的。

就算是眼球也一樣。

如今，雷昂正隨心所欲地使用神經加速視野，映照在眼眸裡的所有物體看起來都很遲緩。

再用上從全身突出的器官、也就是加速裝置的話。

雷昂·克羅斯哈特會將森羅萬象拋至身後。

「…………真的假的啊。」

直至此時，萊因哈特口中初次吐出帶有危機感的聲音。

沒有命中。雖然從三百六十度全方位努力砸出各種物體，但它們悉數落空，絲毫沒有建樹。

就這樣，雷昂終於——

「……抓到你了。」

逼近至萊因哈特眼前。

「哈哈！」

笑聲究竟是從容的證據，抑或是畏懼的表現呢？

雷昂右拳緊握，他則是奮力躍向後方，試圖這樣做逃離困境，然而——

「加速(accelerate)。」

對方遠離的話，自己就追上去。

利用熱噴射進行的超高速移動，瞬間達成了這個目的。

宛如要替剛才的事報一箭之仇般，準確地鎖定對方的著地——

「呼！」

釋出一擊。即使是平平無奇的打擊，以鋼鐵右臂釋出的招式仍祕藏著足以擊碎萬物的力量，就算是萊因哈特的肉體也不例外。

拳頭陷進軀體，就這樣突破皮膚與肌肉，將他的身軀撕裂成上下兩半。

不論是何種怪物，一般而言在這個時間點上就已經是分出勝負了，然而對手卻是「魔王」。被分裂的軀體各自伸出像是觸手的某物，試圖變回原本的形狀。

然而，如果是這種小事，早在預料之內。

「鋼武術式・二**重展開**。」

腦部被改造過，如今它本身已化為用來啟動術式的演算裝置。

因此連需要特別集中精神才能做到的那一招，都能在完全沒有詠唱的情況下展開。

第壹魔裝：清廉殉教者之神威（all・for・one）。

是雷昂擁有的最強殺手鐧，其二重奏。

雙手雙腿蠢動，結合，形成兩門巨炮。

接著——

「喂喂喂，毫不留情耶。」

——全力射擊（full・blast）。

萊因哈特正在再生中，沒有餘裕應付。

因此，這個零距離炮擊成為不可避的殺招。

他全身被黃金色光輝吞沒，全身連一片都沒剩下地被轟飛。

「…………」

分出勝負了——這種氛圍只流露了一瞬間。

「哎呀～，好險，好險。」

萊因哈特的聲音從背後傳來，他用健全姿態朝雷昂微笑。

這種駭人的不死性質，就算消滅全身也能復活。

然而，雷昂的心卻連一點小動搖都沒有。

「這種程度是不會死的喔。」

「既然如此，就殺到死掉為止。」

如同宣言般，進攻進攻再進攻。

「鋼武術式·**同時展開**。」

左臂發動第參魔裝，使出利刃聚合體擾亂對手，以此製造出破綻後，再用右腕的第四魔裝……含有劇毒的槍趁隙刺進天使（萊因哈特）的胸口。

「嗚噁!?喔，咕，咕……………喂！用毒是不行的吧！只是白白讓我感到疼痛，一點效果都沒有唷～！這嗜好真下流，真是下流吶！」

超高熱般單純明快的攻擊不奏效，放毒這種暗招也不管用。

多麼駭人的不死性質，再加上萊因哈特無窮無盡的戰力。周圍的液體、固體、氣體……只要有某種物質存在，他就能不斷發動異能。

另一方面，雷昂的時間卻所剩無幾。

（……肉體開始崩壞了嗎？）

他隱藏在暗色大衣下的腹肌，其一部分開始溶解了。

對屍人的肉體規格來說，他揮灑的力量實在是過於離譜。

要行使駭人力量，就會產生相對應的負荷。如果是至今為止的狀態，那種負荷並不會造成什麼問題……但現在的負荷卻是過重了。

（這具肉體已經撐不過十分鐘了。不過，既然進行到這個地步。）

計畫順利地進行著。

猛烈進攻，一邊移動至二號街正中央，一邊繼續戰鬥行動。

這一戰是在宅邸前方揭開的，現在已經來到距離那邊很遠的地方了。

（接下來只要穿過這條道路……！）

就會抵達有許多住宅林立的狹窄地區。

將對手誘導至此正是計畫的最終目標，也就是說——

決勝時刻即將到來。

踏進那個地區的同時，**他們**就會為了完成工作而行動。

身手矯健的聖堂騎士共二十四名，他們受教會之命被派遣至此，每個人都具有勇者級的實力。

他們在雷昂抵達這裡前的階段，就潛藏在民宅內部或是小巷弄裡面，重複冥想跟事前詠唱，讓自身精神變得更加敏銳。

——一切都是為了這個瞬間。

「將天主的怨敵做柴火焚燒吧。」

從民宅內部與小巷中央。

二十四名騎士用分秒不差的時機一口氣釋出詠唱。

隨即，萊因哈特周圍顯現與他們人數相同的幾何學圖形。

「喔……？」

雖然做出反應，卻沒能應付狀況。

幾何學圖形釋出鎖鍊，瞬間將他全身五花大綁。

這是教會隱藏・獨占的特殊「神祕」之一。這是為了刻意生擒強大「魔物」而編出的招式，就束縛力這點而論可說是無與倫比。

接下二十四人份的這招，就算是萊因哈特也挨不住。

「……這個可真厲害吶。」

連一根手指都動不了。雷昂望向這副模樣，一邊踏入此地。

其目的是——自爆。

雷昂一邊踹向大地，一邊將意識移向自己的腹部。

那兒埋入了艾蜜麗亞親手做的炸彈。只要將「聖源」流入其中，再讓它引爆的話，就算是萊因哈特的不死性質也能貫穿，將他領向死亡吧。

再三步就能進入炸彈的效果範圍內。
一旦引爆，雷昂當然會死亡……然而他卻沒有一絲一毫的恐懼。
唯有自暴自棄的想法支配內心。
再兩步，雷昂用流暢腳步前往終點。
再一步，喪失所有思緒，只剩下引爆的意志。
然後──抵達有效射程範圍內。
將神經集中至腹部，再將「聖源」流入的前一瞬間──

「……師……父……」

腦海突然響起聲音，而它也妨礙了雷昂的行動。
就時間而論只是零點幾秒的僵硬，只是一瞬間的空隙。
是在日常生活中無法認知的一剎那，然而──
在這個緊要關頭上，這正是致命性的空白。
「有點出乎意料。」
在被無限延伸的漫長一瞬間中。
牢牢束縛住萊因哈特的二十四條鎖鍊有如爆開般斷裂噴飛了。

來不及吃驚，新的發展就陸續來到。

腹部傳來不自然感，某種銳利物品挖穿了那邊。

是白色羽翼。從他背部伸出三對翅膀，其中有一對刺穿雷昂的側腹。

認知此事時，一切已化為泡影。

純白閃光掩埋視野。

回過神時，雷昂已倒在地上，沒有前後的記憶，腦中只烙印著三對羽翼有如振翅般動作的那個瞬間。

雷昂搞不清楚狀況，就這樣被逼入臨死前的絕境——

周圍一帶悉數消失。

聖都正中央出現一個寬敞的無之空間，那兒有的只是地面，站立之物已不存於世上任何一處……除了兩個存在以外。

「一旦把我放上街頭，你們的策略就已經玩完了呢。」

萊因哈特凝視屍人倒在腳邊的模樣，一邊如此斷言。

變成這種街道戰時，教會能使用的手段僅剩一個。

「對那些傢伙來說，能在街道上運用的最強戰力就只有你一人。既然如此，討伐計畫就必然會以你為中心，如此一來事情就簡單了。會經由何種過程尋求何種結果，要識破這種事可說是易如反掌。」

實際上就是如此。計畫在最後的收尾階段出現失誤，以失敗告終。已經無人能阻止萊因哈特的凶惡行徑了。

（為何會這樣……）

雷昂如此自問，卻找不出答案。

當時為何迷惘了？

自己並不恐懼，心中只有拋出自身性命的覺悟。

然而，為何卻——

……對萊因哈特來說，這看起來似乎也是出乎意料的行動。

「阻止你自爆的時機真的是千鈞一髮…………雖然想這樣思考，不過到了這種時候，你居然還是迷惘了。」

萊因哈特的脣瓣扭曲出笑容的形狀，那兒包含了幾分嘲弄之意。

「哎，我也不是不懂啦。在這四年間，你心中不只有拯救好友的使命感，還層層累積了自我厭惡吶。到了緊要關頭那種心態支配內心，讓你產生『自己這種叛徒殺掉好友真的行嗎』的想法吶。」

或許是吧。

萊因哈特會變成這樣是自己害的。正是因為如此，我必須殺死那傢伙拯救他才行。我是這樣想的，但另一方面……我心中卻也覺得就算殺掉那傢伙救贖他，這個行為就不算是罪孽嗎？

「使命與權利是不同的東西，對吧，夥伴？」

殺掉萊因哈特守護其名譽，是加諸在自己身上的使命。然而……即使如此，讓事情變成這樣的元凶正是自己，這樣的自己有權利殺死他嗎？

這種自問自答終究沒分出結果，一直到了今天。

這件事肯定造就了現狀吧。

「你啊，到頭來只是想要被原諒唷。救贖我的靈魂，藉此一筆勾消自己的罪孽，這就是你真正的心意。」

話語層層堆疊，每疊上一層，萊因哈特臉上的情緒色彩就會脫落一些。

「沒能守護住我的後悔化為崇高使命……事情並沒有變成這樣，你只是一直一直在尋求我的原諒唷。」

萊因哈特投來冰冷視線，俯視昔日的小弟。

有如咒罵般編織話語。

「你很任性，只考慮著自己的事。就算下定決心殺掉我，也不是為了贖罪，單純只是自我安慰的舉動，根本沒有一星半點救贖的意志。」

萊因哈特手中生出一把劍，然而他還不打算揮落。

先揮下的是，言語利刃。

「居然把你這種傢伙當成弟弟看待，如今真是讓我感到可恥至極。」

雷昂已經連一根手指都動不了了。

沒資格得到原諒，也沒資格拯救他人。

打從那天無法守護兩人時，我就已經失去了所有權利吧。

只剩下一件事。

那就是承受昔日好友揮落的劍刃，讓他消氣，僅此而已。

「拜拜囉，夥伴。」

雷昂閉上眼皮……準備承受接下來要發生的一切。

頭頂微微傳來空氣搖動的聲音，萊因哈特把劍向上揮了吧。

下個瞬間一定也已經——

「真拿你這傢伙沒轍吶。」

「需要別人照顧的小孩還比較可愛呢。」

才剛接受死期，腦海裡就浮現某個畫面。

這就是所謂走馬燈吧。

直到最後一刻，神明都要折磨我嗎？

「我只說一次唷……謝謝吶，夥伴。」

「呵呵，有多久沒看到萊那這麼害羞了？」

曾經很幸福，兩人一同度過的時光幾乎都是幸福的回憶。

……我親手破壞了它們。

回憶總是帶來痛苦。

所以既然要死，我想要不帶任何情感、與虛無一同逝去。

然而，神卻不肯容許這種天真。

「不論外人怎麼講都無所謂吧。」

「對呀，雷昂。你是屍人，更是我們的家人（family）。」

夠了。

別這樣。

快點。

快點，殺了——

「師……父……」

——聲音。

腦袋裡響起某人的聲音。

我沒辦法好好地聽清楚，小小的那個聲音漸漸變大。

不久後，那道聲音抹去我與兩名心愛之人的回憶。
甚至要吹走對死亡的渴望。
那道聲音究竟是。

「師父！」

是愛莉絲，愛莉絲・坎貝爾。
她的聲音，她的笑容。
應該捨棄掉的情感。
漸漸蓋掉過去。
「我，對你——」
「我對妳的身世毫無興趣。」
最初只是感到麻煩，心裡覺得要盡快讓她離開自己身邊才行。
然而……
「……很髒喔。」
「沒關係。」
這個女孩實在是過於與眾不同。

簡直像是射進黑暗中的一絲光明。
正是因為如此，我非推開她不可。
我無權抓住名為愛莉絲的救贖。
分離對雙方都好，我是這樣思考的。
……沒顧慮到對方的情感。
「別拋下我……！」
就某種意義而論，她也是我的罪孽。
對愛莉絲而言我是救星，同時也是奪走母親的仇人。
或許當時讓她跟母親一同死去，她會更幸福吧。
也是因為這樣，我才接受了愛莉絲這個存在。
代替她的母親讓這個女孩幸福，就是我的贖罪。
我委身於這種藉口之中。
接受自身懦弱後，生活真的很平穩。
對這個屍人來說是睽違以久的——
…………啊啊，是嗎？所以我才——
產生自覺的同時，聲音滿溢而出。
「那、那個人，才不是，怪物呢！」

「不會離開的，絕不會。」

「我這次也變成師父的累贅呢。」

「如、如果我能變成治癒你心靈的存在就好了，我是這樣想的。」

腦袋全是愛莉絲的事。

——在那個瞬間。

「我，不想死。」

不經意流露的話語無疑就是。

這個愚昧屍人終究沒能察覺到的真相。

方才自爆失敗的理由。

——沒有捨棄掉。

——沒能捨棄掉。

對愛莉絲的父母心，對愛莉絲的執著，對愛莉絲的愛情。

所以才會失敗，沒能拯救（殺掉）師兄。

因為還殘留著愛莉絲·坎貝爾這個希望。

如今也依舊是。

「不要……不想死……我，不想死……」

雷昂難看地，不堪入目地求饒。
不引以為恥，絲毫不感到厭惡。
在我心中，她的存在就是變得如此巨大了嗎？
……我總是覺得夢醒了。
也覺得不會再做同一個夢。
然而，並不是這樣。
我在不知不覺間，在不經意時做了夢。
看到名為愛莉絲的依戀。
「我還……！」
想要待在那個女孩身邊，想看她成長，想看她的成就。
想看那個女孩的笑容。
就算那是不被允許的願望也無所謂，這種事怎樣都行。
我對愛莉絲。
對愛莉絲。
「不錯嘛，夥伴，非常不錯。」
萊因哈特的聲音裡充滿嗜虐心。
「我才在想很沒意思呢，殺掉你就這樣結束一切。不過……都到了這個最後關頭，你還是實現了我的欲望。謝謝你，真的很謝謝你。」
脣瓣也寄宿著淒絕情感，萊因哈特他。
「我一直在妄想著——妄想你跪地求饒！而我將你殺掉的那個瞬間吶！」
劍刃到來。
死亡到來。
我束手無策。
然而——就在此時。

「師——父——啊啊啊啊啊啊啊啊啊啊啊啊啊啊啊！」

長嘯聲。
那道聲音並非幻聽。
那道聲音無疑是。
「……愛莉絲。」
有如回應呼喚聲般，下個瞬間，尖銳音色敲擊耳朵。
其真面目是，筆直飛來的純白箭矢。
它一邊讓大氣悲鳴一邊奔馳，在千鈞一髮之際貫穿萊因哈特的右手。

緊握手中揮落的長劍飛向另一個方向。

「……喂，少開玩笑了，喂。」

天使（萊因哈特）口中流露怒火。然而，那並非是因為抹殺屍人（雷昂）時受到妨礙使然。

雷昂跟隨他的視線，也將眼睛望向那邊……

然後明白萊因哈特如此激動的緣由。

從這邊直線突進的小小身影，恐怕是愛莉絲吧。

之所以無法斷言，是因為她如今正披著**赤紅鎧甲**造成的。

那個無疑就是——

昔日師父（庫蕾雅）曾經使用過的專用裝備。

在她死後，雷昂判斷自己沒資格入手，因此交由**艾蜜麗亞**保管的事物。

「來路不明的傢伙……！居然把它……！」

接近，接近，接近。

將純白色的弓變成雙劍，愛莉絲接近而來。

接著，她將萊因哈特捕捉至劍圍內，就在那個瞬間。

「別給我擅自使用！師父的遺物啊啊啊啊啊啊啊啊啊！」

萊因哈特怒氣爆發，開始進入殺傷行動。那是過於粗野的斬擊，不只是再生的右手，就連左手也握著銀色長劍揮向緊逼而來的愛莉絲。

攻勢雖然蠻橫，卻不是尋常菜鳥冒險者所能迴避的那種貨色。

即使用上前任「救世」愛用的裝備……不，正是因為用上了它，才會無法顛覆自身抵達殘酷下場的命運。

然而，就在那時。

「你這個！混帳笨蛋啊啊啊啊啊啊啊啊啊啊啊啊啊啊啊啊啊！」

愛莉絲大吼。

剎那間，她全身伴隨激烈速度躍動而起。

在每個人眼中都是意外之舉。

最終，愛莉絲輕鬆閃過緊逼而來的一對凶刃——

禮尚往來，她斬落萊因哈特的雙臂。

「嘖……！」

那是真心的焦躁，真心的怒火。

然而愛莉絲並未回應這些情感，而是從他身旁通過。

「師父！」

她抱起滿身瘡痍的屍人，沒減速地疾馳。

面對這個壓倒性的速度，萊因哈特什麼都做不到。

「絕對要，殺掉那傢伙。」

紫色眼瞳祕藏如同利刃般的鋒芒，瞪視漸漸消失的背影。

然而，嘴邊卻浮現笑意。這究竟是野獸露出獠牙的表情，抑或是——

存在於內側的**殘渣**表現出來的安心感呢。

◇　◆　◇

疾馳到了盡頭，抵達的是艾蜜麗亞的工作室。

然而主人卻不在任何一處，這裡只是空殼。愛莉絲將師父搬到那邊，將他放上床臺。

「嗚，咕……」

愛莉絲單膝跪地，漏出苦悶聲音。在那同時，覆蓋她全身的紅色鎧甲化為粒子狀消失……變成套在左腕上的手環。

「呼……呼……………嗚！」

愛莉絲被喀出的血嗆到，雷昂一邊對這樣的她感到心痛……還有一種奇妙的暖意，一邊猶豫地開了口。

「妳也很亂來吶。」

所謂的專用裝備，並不是取來做做樣子的名稱。

特別是庫蕾雅的專用裝備，是擁有頑強肉體的她才能運用自如的道具……

普通人要使用的話就會無法承擔負荷，連向前走一步都做不到。

愛莉絲將它完美地運用到那個地步。

話雖如此……與想要稱讚的心情相比，對這種無謀之舉感到複雜的心情更勝一籌就是了。

一想到這一切也都是自己造成的，雷昂就無法責備她。

相對地，為了知道事情演變至今的來龍去脈，屍人丟出問題。

「……那個手環是艾蜜麗亞交給妳的？」

愛莉絲仍在苦悶地喘著氣，所以只有點頭回應師父的提問。

一邊對她的這副模樣表示體諒，雷昂一邊尋思。

（我誤解了艾蜜麗亞的心思嗎？）

（我以為她會推敲到我的想法，讓愛莉絲活下去的說。）

（然而……艾蜜麗亞把自己投射到這個女孩身上了吧。）

（之所以把師父的手環交給愛莉絲，是至少也讓她一同赴死的溫柔使然嗎？）

（或者說，她對這個女孩抱有期待，認為如果是她就能展現出不同的未來嗎？）

就在雷昂思索之際。

「呼——……」

又做了一個大大的深呼吸後，愛莉絲起身。然後她腳步踉蹌地在工作室中前進，從放在角落的箱子裡取出皮袋，那是雷昂用來補充「聖源」的貯備品。

「……我要插下去了。」

裝在皮袋前端的針頭插進雷昂的頸背。

隨即，屍人體內的「聖源」恢復了一些些……再生能力發動。

傷口緩緩痊癒。見證師父完全恢復後，愛莉絲倒向地面。

「唔…………！」

雷昂連忙撐起上半身，從床臺上一躍而下撐住她的身軀。

然後——

「師父，還記得我在同類相食村對你發下的誓言嗎？」

愛莉絲丟出提問後，雷昂他——

「妳說總有一天要成為能夠保護我的人吶。」

「是的，雖然覺得有點作弊……不過我實現誓言囉，師父。」

她在雷昂懷中朝這邊露出微笑。

雷昂想要大大地誇她一番。

「愛莉絲，妳是了不起的傢伙，是我自豪的徒弟。」

「欸嘿嘿嘿……」

女孩一邊被摸頭一邊笑著，這副模樣實在是太惹人憐愛了。

正是因為如此，雷昂已經——

「不管發生什麼事，我們都無法分離了吶。」

雷昂緊擁愛莉絲，愛莉絲也在此時輕輕點頭回應。

「你剛才在這裡說過，要讓我們的故事畫下句點……不對唷，師父，不是這樣的。因為我們從現在才開始不是嗎？」

微笑裡寄宿著傷悲。然後，愛莉絲注視屍人的紅眸，一邊繼續說道：

「希望師父能看到更加成長的我，希望師父展露出更開朗的樣子。我還有想跟師父一起實現的夢想。所以……從現在才開始不是嗎？我跟師父的，故事。」

雷昂沒有否定這些話語。

因為他現在也抱持著完全相同的心思。

「我捨棄一切，打算實現約定。然而……就只有妳，我無論如何也……」

雖然拐彎抹角，雷昂仍是肯定了自己的話語，愛莉絲對這樣的他露出滿面笑容。

「就算師父要拋棄我，我也絕對不會離開的，師父。」

直到最後都要待在身邊——雷昂接納了這個意志。

不但如此。

「……我要討伐萊那，與妳一同。」

愛莉絲肯定師父推導出的結論……但視線裡仍是有著疑惑。

就像「不能逃走嗎」這樣。

然而雷昂卻搖搖頭。

「我們有三個選擇。一個是衝進避難所，另一個是逃離聖都。然後最後一個則是，討伐萊那……為何選擇第三項，我來依序說明。」

雷昂直勾勾地回望愛莉絲的雙眸，一邊編織話語。

「關於衝進避難所這個選項。在這個情況下，我們得移動至聖都的地下避難所，並且在那邊祈禱事態會平息。從結論來說，這是一步壞棋。把萊那丟在一旁不去討伐的話，他總有一天會攻進地下的吧。那我們就得在那邊跟那傢伙開戰了。」

想像到狀況的瞬間，愛莉絲也跟雷昂一樣在腦海中浮現相同的字眼。

也就是……敗北，兩人的腦袋裡只有這兩個字。

「如果在地底交戰的話，我們沒有勝算，會被陷入恐慌狀態的民眾拖累，輕易戰死。我敢斷言不會有除此之外的結局。」

就這樣，一個選項消失了。

「接著是逃離聖都。不過，這也是一步壞棋。就算逃離這裡，我們也會被通緝吧。教會不可能原諒放棄任務的叛徒。而且還有另一點，萊那也會找尋我們的下落吧。毀滅聖都後，那傢伙心中就只剩下對我們的殺意。因此如果逃出聖都，教會與萊那這兩方都會變成敵人。」

就這樣，第二個選項也消失了……只剩下一個選擇。

「討伐萊那，不這樣做我們就沒有未來。為了前進，必須與過去做出了結。只有克服這個試煉我們才會幸福，我是這樣認為的。」

如果有替代方案的話說來聽聽──雷昂的眼神就像在如此訴說似的……但愛莉絲並未反駁。

「具體地說，要怎麼做呢？」

「說這個之前，先讓我問一件事……妳把聖劍怎麼了？」

分離時，雷昂讓昏過去的愛莉絲抱住聖劍，用這個形式將聖劍託付給她。如今，它並未掛在愛莉絲身上的任何一處。

「呃，那個嗎？我在這裡清醒後，發現了一張紙條。」

「紙條？」

「嗯、嗯，是艾蜜麗亞小姐留給我的。簡要地說……就是我把這個手環給妳，想去救那傢伙就隨妳便。不過相對的，聖劍就由我收下了。妳就好好地去陰間跟那傢伙相親相愛吧……感覺就像這樣。」

原來如此，這也很合理，吧。對艾蜜麗亞而言，聖劍是比生命還重要的**遺物**。而且就她的角度來看，愛莉絲一清醒就會立刻衝去雷昂身邊，這是不言自明的道理。她預料到事態這樣發展下去，最後這個世界就會失去聖劍吧。

然而……那把聖劍有著明確的自我意識。如果聖劍打算參與這一戰，那不論艾蜜麗亞抱持何種情感，它都應該會跟隨愛莉絲才對。

之所以沒這樣做，是聖劍放棄了我們嗎？還是說……

「總之，無法期待聖劍的力量吶。」

「不，也能跟艾蜜麗亞會合，請妳把聖劍還回來吧？」

「在那之前，萊那就會擋在我們前方了吧。那傢伙恐怕也在追尋聖劍。如果去艾蜜麗亞那邊的話，就必然會撞見那傢伙。」

要十拿十穩，就需要聖劍之力……既然事已至此，那就沒辦法了。

「言歸正傳吧。要怎麼做才能討伐萊那，關於具體的策略……」

語畢，雷昂同時。

在置於工作室一角的道具箱中東翻西找。

究竟那裡面有著……

「……還想說如果沒有該如何是好，心中很不安呢。」
雷昂取出**某物**，一邊鬆了一口氣。
「艾蜜麗亞小姐有預料到事情會變成這樣嗎？」
「不，沒這回事吧。不過……或許抱有期望吶。」
留給自己等人的最後希望，將它收進腰包後。
雷昂凝視愛莉絲，一邊說道：
「……兩人一同赴死，或兩人一同活下來，就是這種策略。」
雷昂用視線詢問愛莉絲，問她是否有覺悟。她露出微笑同時點頭。
「向前邁進吧，兩人一起。」
未來就在終幕的前方。即使一個人無法抵達那裡，如果是兩個人的話一定行。
愛莉絲眼中寄宿著這種希望，雷昂只簡短地對她說了一句話。
「嗯、嗯，是吶。」
然後。
「……要走囉，愛莉絲。」
「是，師父。」
兩人離開工作室，穿過武器販賣區，來到外面。
安．布雷卡普爾——絕對不會損壞之物。

曾被艾蜜莉亞如此命名的緣由，已不存在於世上任何一個角落。

然而，正是因為如此。

兩人並肩而行，雷昂一邊心想。

——只有這個女孩，我一定要守護住。

◇◆◇

「呼………接下來該怎麼做，不知如何是好吶。」

雷昂與愛莉絲，讓兩人逃走的事實令天使（萊因哈特）氣得發狂。

為了平息在心中炸裂的情感，萊因哈特在聖都街道上恣意破壞了一陣子。

這樣做取回冷靜後，他坐在高高疊起的瓦礫堆上沉思。

「是找出那些傢伙後殺掉，還是說～……先找出艾蜜麗亞收下聖劍呢？要選哪一邊呢～～」

它不在雷昂腰上，那個小姑娘也一樣。

既然如此，認定聖劍已交到艾蜜麗亞手中比較妥當吧。

那是師父的遺物，因此就算變成了「魔物」仍是……不，正是因為如此，才會執著於得到它。

「嗯～，果然很想要吶，在殺掉那些傢伙前。」

宛如要補強這個想法般，新的主意也湧上心頭。

「把艾蜜麗亞的首級拿給雷昂看吧。如此一來，那傢伙一定會痛苦萬分吧。」

萊因哈特拿定主意，同時展開三對白翅飛向天空。

眼底那片聖都光景，正可以說是地獄繪圖。

民眾變成屍人後去襲擊其他人，而那些人也漸漸變成屍人。

母親活吞小孩，男人一邊哭喊一邊擊殺戀人，兄妹和睦地貪食著人肉。

這幅光景讓萊因哈特流露笑意——

「啊？這是啥？」

紫色眼瞳滑落淚水。

「好奇怪吶，沒特別覺得風壓很強——」

話說到一半時，純白箭矢有如打斷這句話般迎面飛來。

三對白翅的其中一對遭到貫穿，陷入機能不全的狀態，不過立刻就再生了。

萊因哈特暫時停止飛翔，在原地滯空。

「真是熱情的求愛吶。收下這種東西，會讓我想要變更行程表的說。」

浮現的笑容中寄宿殺意，萊因哈特朝那邊推進。

最終。

在他們面前降落，兩人在大街正中央並肩而立。

這裡似乎已經事先打掃了，如此這裡只有三人的身影。

也就是——「救世（庫蕾雅）」的弟子，與一個身為局外之人的少女。

萊因哈特先是注視雷昂的紅眸。

「喔，我還以為你喜歡更成熟的女人吶，看樣子小鬼頭似乎也合你的口味呢。是那傢伙改變了你吧，夥伴？」

曾經寄宿在紅眸裡的破滅願望已消失得一乾二淨。

取而代之寄宿於其中的是，完全相反的意志。

寄宿著「要跟過去做個了斷，跟這個女孩一同活下去」這種強大的意志。

「不錯呢夥伴，這種事我求之不得唷。不如說我就是想殺掉這樣的你。」

紫色眼瞳裡寄宿著強烈殺意。然而，即使面對這種目光，屍人（雷昂）的心也沒有動搖。

他的弟子也一樣。

「不會讓你得逞的……！要被打倒的人是你！」

她如此吼道，套在左腕上的赤紅色手環也同時發光。

紅鎧瞬間完全覆蓋了愛莉絲的全身。

「唉唉唉唉唉，我不是有說過嗎？不准擅自使用……這個啊啊啊啊啊！」

情感大爆發，天使滿臉漲紅，同時敲響戰鬥的鑼聲。

愛莉絲前進，雷昂猛然後退，萊因哈特從對面先發制人。

「給我轟飛吧，混帳王八蛋！」

他釋出怒聲，拍打三對白翅撒出純白羽毛。

它們立刻接近愛莉絲身邊，就在那時。

純白色閃光發出，同時產生超高熱。

雷昂下定決心進行自爆計畫之際，將二十四名聖堂騎士連同周遭區域一同炸飛的原因就是這個嗎？撒出的無數羽毛化為爆炸物……然後引爆。這樣做不只可以殲滅大範圍的敵人，也能對單一對象行使超強火力。

這次，萊因哈特採取的行動是後者。

爆炸的範圍雖然狹窄，但相對的火力卻很密集，殺傷力也因此變得極高。是世間萬物大致上都會被灰飛煙滅地消除掉的離譜熱能。

然而，如今愛莉絲穿在身上的鎧甲是那個庫蕾雅・雷多哈特愛用的防具，是只有她才能運用自如的專用裝備。

它絕不尋常的防御性能，完全擋下了壓倒性的超高熱量。

濛濛煙塵中有一對眼瞳炯炯發光……接著。

「喝呀啊啊啊啊啊啊啊啊啊啊啊！」

愛莉絲·坎貝爾撕裂灰色面紗，大聲吶喊。

將純白色的弓變成雙劍，瞬間逼近。

「嘿呀啊啊啊啊啊啊啊啊啊啊！」

鼓勁一閃，駭人的運動速度不允許萊因哈特做出反應。

察覺愛莉絲接近時，自身肉體已被分割成七大塊了。

「嘖！」

萊因哈特一邊再生，一邊振翅飛向空中，打算從那邊單方面進行轟炸，然而——

「喝呀啊啊啊啊啊啊啊啊啊啊啊啊！」

愛莉絲將雙劍變成弓，以爆速連射。

這招利用了紅鎧帶來的超高速運動，瞬間射出將近五十發箭矢——

「嗚啊……！」

天使（萊因哈特）的全身漸漸變成蜂窩。

這正是一面倒的展開。萊因哈特的弱點之一就是，身體機能低落。單就此點而論，還不如在卡那爾村戰鬥過的大鬼人。轉換與再生這類的異能是如此強大，相形之下，這一點看起來就更像是重大缺點了。

「唔喔喔喔喝啊啊啊啊啊啊啊啊啊啊啊啊啊！」

這是壓倒性的強攻，其中完全沒有能禮尚往來的空隙，就算找到破綻——

「啊啊，可惡！這個爛屍人性格真惡劣呢！」

雷昂不允許他反擊。

他在愛莉絲後方支援，以這個形式將子彈擊向天使（萊因哈特）。

他的肉體並沒有那麼堅硬，不如說只略勝普通人而已。

因此子彈能充分地發揮它的功效。

愛莉絲展開猛攻，雷昂在後方支援，這兩人看準的目標只有一個。

「咕……！你的企圖就是，『聖源』的枯竭吧，夥伴……！」

不論人類或是「魔物」，引發超越物理法則的現象時都需要「聖源」。一旦它消耗殆盡，就算擁有再大的力量都毫無意義。

「跟雷古提利亞鎮那場仗一樣嗎……！你這傢伙真老套吶……！」

然而這卻是很有效的策略。萊因哈特擁有近乎於不死的再生力，不論任何傷害都無法變成致命傷。然而……這力量也不是無窮無盡。

一旦「聖源」中斷，其不死性質也會暫時消失。

而且每次再生都會逐漸消耗掉「聖源」，就這樣承受攻擊的話，萊因哈特遲早會確實地失去再生能力吧。

——即使如此。

「這畢竟只是我先撐不下去的情況。」

笑容再次回到痛苦的臉龐上。

之後隨即——

「咕嗚……！」

被鎧甲覆蓋的愛莉絲從口中發出苦悶聲，停止了動作。

活動的臨界點到來了。這一戰開幕後，她就一直在勉強自己。猛攻時發出的咆哮並不是吆喝聲，而是強忍劇痛一直在全身流竄而無意識做出的行為。

「那具鎧甲是艾蜜麗亞特地為了師父打造的防具，所以只有她能使用……別人是不能用的唷。」

天使（萊因哈特）在天空中凝視頹倒的愛莉絲，浮現在嘴邊的笑意帶有鋒利感。

「被狂扁時，我一直在思考。思考能同時折磨夥伴跟妳的方法吶！」

他在美貌上映照出施虐心，從天而降推進。

猙獰飛翔前往的目的地……並非愛莉絲那邊。

「這樣就結束了！夥伴！」

雷昂。先殺掉他的話，愛莉絲就會因為無法守護師父而產生強烈的後悔與悲傷吧。而且雷昂也會一邊目睹愛莉絲痛苦的模樣，帶著有如要撕裂身體般的心痛墮入地獄。對他們而言，這是最糟糕的壞結局，然而……

對萊因哈特來說，卻是最棒的快樂結局。

「師父！」

叫聲很悲痛，聽在任何人耳中都是這種感覺吧，萊因哈特也不例外。正是因為如此——他們的計策如今正迎來水到渠成的時刻。

知道自己中計，已是一切結束後的事情了。

萊因哈特急速接近昔日好友，在手中顯現出一把長劍，毫不留情地揮落。

雷昂的軀體會被袈裟斬一分為二。這是不會當場死亡、卻會形成致命傷的一擊。

愛莉絲的後悔與雷昂的遺憾。萊因哈特一邊品嘗它們，一邊露出笑容……

他的這種企圖，在下個瞬間大大地慘遭背叛。

屍人被斜向分割，他的全身也在此時略微變得透明，接著——

漸漸形成亡骸的那道身影，化為被割斷的紙片。

「嗚……！是卷軸(scroll)……!?」

直到此時，他才察覺到對方的策略。

雷昂他們看準的並不是「聖源」的枯竭。

而是將萊因哈特誘導至現狀，在他吃驚時趁虛而入。

從旁邊，在最棒的時機下。

釋出極致的一擊。

「安眠吧，萊那。」

從旁邊，連接往來街道的狹窄小巷正中央。

雷昂‧克羅斯哈特將**它**拋出。

差不多能一手掌握的球體，其真面目是——

「炸彈——！」

他瞪大眼睛與子彈貫穿它，是在完全相同的時機下發生的事。

◇

◆

◇

遠東地區似乎有火葬的風俗。

用火燃燒亡骸，將寄宿其中的靈魂送上天堂，是遠東人民特有的文化。

雷昂目睹的光景正是這個。

小範圍的火柱聳立雲霄，貫穿藍天。雷昂一邊眺望它無限延伸的模樣，一邊獻上祈禱，就像「請將好友的靈魂引領至天堂吧」這樣。

「……這樣就分出勝負了吧。」

這是艾蜜麗亞為了討伐墮入魔道的萊因哈特而親手打造的特殊炸彈。

其效果有二，產生龐大熱能，以及形成結界。

大約四年前發生的慘劇，讓萊因哈特的能力被充分地認知。

不只是強項，連弱點也包括在內。

重新建構與支配。

能夠自由自在地變換存在於周圍的物質，引發五花八門的奇蹟，就是這麼犯規到極點的力量。

只要他身邊存在著氣體、液體、固體之類的物質，就能毫無限制發動那股力量……然而它絕對不是無敵之力。

「聖源」枯竭的同時，能力也會暫時消失。就算是他的異能，也適用於這個普遍的弱點。

還有，再加上另一個缺點。在沒有媒介物存在的環境下，是無法行使能力的。以這些情報為基礎，雷昂推導出殺掉天使的方法。

條件有三。

創造出絕對的無之空間，將他關進那邊……再以瞬間的高火力燒死他。

艾蜜麗亞親手製造的特殊炸彈，就是為了實現這些條件而創造出來的。

用結界的「神祕」創造出無之空間，將目標物關入其中，再用熱能收拾對方。

這種炸彈製造了兩個，一個被埋入雷昂的肉體內，另一個則是做為備用品放在工作室保管。如果他的自爆作戰失敗，就用第二種引爆法討伐天使，這種作戰計畫事先就已經安排好了。

「居然會被教會指使的事情救上一命，真是諷刺。」

炸彈設定的引爆法有二，也就是流入「聖源」跟給予衝擊。

前者是自爆，後者是遠端操控。

在教會的指示下，這個炸彈就是這樣設計的。

屍人會自爆而死，這樣很不錯，不過人類是不能犧牲的，就是這種盤算吧。

總而言之。

結束了，一切都是。

師兄的靈魂升天了。雷昂承受著眼前的這種結局，一邊仰望天際。

「……萊那，我原本是打算抱著你的恨意墮入地獄深淵的。然而……抱歉，我無論如何都放不下她。」

有朝一日天命告終，償還自身罪孽的瞬間就會到來吧。然而，現在不是那個時候。

如此思考後，隨即——

「師、師父……做到了，呢……如此一來，我們就……」

聲音飛向這邊。望向那邊，只見愛莉絲倒地呻吟著。

覆蓋全身的紅鎧已經消失，如果再勉強個一分鐘的話，就會導致最惡劣的發展。

「……幹得好吶，愛莉絲。」

其實雷昂本來不打算使用幻影卷軸，而是想要兩人親征的……然而，他的身軀已經到極限，甚至到了無法好好戰鬥的地步。

因此必須讓愛莉絲勉強自己，這一點令雷昂打從心底感到懊悔。

至少也要慰勞她一下，雷昂邁開步伐。

一邊朝背後冒出的火柱丟出最後一句話。

「就算這是萬惡不赦的罪孽，我也要前進，與她一同。」

感覺像是卸下了肩上的重擔。

接下來只要跟愛莉絲一起逃到避難區域就行了。

蹂躪聖都的屍人群，會被聖堂騎士與其他冒險者們殲滅吧。

「這件事結束後，跟愛莉絲一起去餐廳吧。為了慶祝戰鬥勝利，就讓她吃一堆好料。艾蜜麗亞也能一起來就太好了……但這果然是期望過高吧。」

想到未來的事，心中充滿光輝。

活下去的希望，想不到自己得到這種事物的時刻居然會到來。

一切都是託愛莉絲的福。

如今對這個屍人而言，她是比任何事都值得驕傲、最棒的——

「別擅自結束啊。」

嘲諷聲進入耳中的那個瞬間。

流線發出白銀光輝，貫穿雷昂的軀體。

「嗚…………!?」

覆蓋嘴巴的鐵面具脫落，掉到地上。

它發出聲響的同時，雷昂全身也倒在大地上。

「師父！」

愛莉絲口中發出像是悲鳴的叫聲。雖然一心想過去師父那邊，身體卻不聽使喚，她只能在原地凝視這一切。

凝視眼前這幅糟糕至極的光景。

「哎呀，真的是出乎意料之外呢。」

消失的火柱痕跡裡，應該沒剩下任何東西才對。

然而，實際上卻是。

「我打從心底確信自己會死呢，就跟四年前的那時一樣吶。」

依舊健在。

天使（萊因哈特）依舊健在。

身上半個傷口都沒有。

「一旦被關進無之空間，就會無法使用能力，這種事我也知道就是了……不過我從以前就是這樣，只要一激動就會變成笨蛋呢。就是因為這樣，夥伴，我才沒能看穿你的計策。哎呀，我真的覺得會死呢。不過……」

萊因哈特俯視倒地不起的雷昂，嘴角露出笑容。

這個舉止等同於勝利宣言。

「在被燒死的前一瞬間，我有了想法唷。想說能不能將這股熱能轉變為再生之力這樣。對物質以外的東西進行變換，至今為止我連一次都沒成功過就是了……不過我想起師父的話唷。人的成長，就是在最後關頭時仍不放棄、向前踏出一步的那個瞬間才會到來的事物。哎呀哎呀，真的就是這樣喔。」

在這個最後關頭，讓墮入魔道得到的非人之力進化了。

萊因哈特．克羅斯萊。

正是不世出的怪物。

「那麼就，首先是——」

天使如今根本沒把雷昂放在眼中，紫眸只映照著愛莉絲。

「住……手……！」

光是發出聲音就費盡全力，軀體被貫穿的洞實在是太大了……

這確實是致命傷。

雖藉由再生能力漸漸治癒，但恢復到一半就會停止吧。

這個傷勢已超過屍人之力的極限了。

所以……會死掉。

雷昂・克羅斯哈特，馬上就要——

迎接永永遠遠都不會復活、完完全全的終結了。

「師、父……！」

愛莉絲的臉龐上，愛莉絲的眼眸裡，愛莉絲的聲音中，全是對敬愛師父的情感。

請逃走，請活下去，無論如何都要。

她心中明白接下來自己就會被慘酷地殺害。

即使如此，心中仍然全是雷昂的事。

「好美麗的師徒之情呢～，我非常感動唷，感動到都快要吐了。」

住手。

快住手。

只有這個女孩，別殺她啊。

要對我怎樣都行，只有這個女孩。

「萊，那……！」

連一根手指都動不了。

會死，會死掉的。愛莉絲，徒弟，心愛的少女會死的。

「放棄吧，夥伴，你只剩下一件事能做。就是一邊凝視這傢伙被弄壞的光景，一邊死去，僅此而已。」

意識漸漸遠去。

無法抗拒。

簡直就像是被削去般，構築心靈的所有情感不斷消失。

對現況的悔恨與恐懼。

想做些什麼，得想想辦法才行的這種鬥志。

連對愛莉絲的愛情都——

啊啊，這就是死亡嗎？

最後只有一項事物殘留在雷昂心中。

死神總是會留下它，再收割生命。

也就是——絕望。

只能徒呼負負的命運就在眼前，雷昂心中帶著絕望，墮入暗闇之中。

已不再浮現事物。

「要怎麼『不要』殺掉『不行』妳呢。」

已不再，浮現。迎來那個最後關頭的瞬間。

「畢竟好『已經連一根手指』不容『都動不了了』易才成長的說。試著用這個『無法』創造殘酷的『抵抗』藝術品吧～」

天使（萊因哈特）的聲音裡混雜著其他聲音。

「欸，妳『不想放棄』想要『這種事』怎麼死呢『誰會容許啊』？」

聲音漸漸被蓋過去。

「雖『我在墳墓前』但『發過誓』死『要實現妹妹的夢想』。」

那是，那個聲音是。

好友（萊因哈特）的，聲音。

「然而，為何我做出這種事。」

在哭泣著。

是萊因哈特，僅剩的殘渣在魔性中散發出光輝。

「停下，停下，停下……！拜託了……！給我停下啊……！」

即使拚命抵抗，仍舊沒能反抗犯下凶行。

自己的這副模樣讓他流下淚。

「不行，已經，不行了。靠我的力量，已經，什麼都做不到了。」

好友的悲嘆，師兄的悲哀，傳至雷昂心中。

「拜託，拜託了，夥伴。」

然後——

「救救我……！」

好友的心願，如今。

將雷昂的精神引領至究極的領域。

精神凌駕了肉體。

「唔，喔……啊啊啊啊啊啊啊啊啊啊啊啊啊啊啊啊！」

溶化，身軀漸漸溶化。

管他的，誰在乎啊。

朋友正在哭泣，我得幫助他才行。

既然如此，極限這玩意兒我就輕易跨越給你看。

為了抓住四年前自己揮開的那隻手。

「萊，那啊啊啊啊啊啊啊啊啊啊啊啊啊啊啊啊啊！」

舉槍扣下扳機。

射擊。

反作用力破壞肩膀，然而怎樣都行，無所謂了。

雷昂用毅力撐住槍身，第二射，第三射，第四射。

「不讓你對，愛莉絲下手……！」

對未來的希望擊碎萬念俱灰的心態。

「萊那……！我，要把你……！」

對過去的悲哀制伏恐懼。

直至此時，雷昂．克羅斯哈特總算是明白了。

明白何謂勇氣。

「即使吾身腐朽！我也不會放棄拯救！」

灼熱的思念帶來龐大能量。

這正是無限大的勇氣。

這四年累積至今的絕望。

以及對未來的希望。

導致了現在這個瞬間。

「……喂喂喂，嚇我一跳吶。」

已經聽不見友人的聲音了，連殘渣都消失了嗎？

然而，如果是這樣的話，就更應該——

「還打算戰鬥嗎？很好呢，這種不堪入目真的很棒。」

得解放這個男人才行，解放獨一無二的友人，解放唯一的大哥。

有無勝算都沒關係了。

要拯救他，無論如何都要。

「我改變主意了。就先殺掉你吧，夥伴。」

好友。

跟弟子。

都要拯救，然後。

要做夢。

一邊做夢，一邊活著。

做名為愛莉絲的夢，做自己曾經放棄的夢。

新得到的事物，以及繼承而來的事物。

要為此而生。

要為了活下去而拯救。

「哈！這股熱情倒是很了不起吶，夥伴。不過這一擊就會……結束了。」

眼前，天使進入攻擊姿勢。

光線聚集，轉換成熱能。

下個瞬間，一定就會迎來死亡吧。

我要帶著遺憾死去嗎？

……那又如何呢。

灰心，恐懼，絕望，全部都被吹跑了。

只剩下決心與勇氣。

絕對不放棄。

就像在嘲笑這種心情似的。

「拜囉，夥伴。」

終焉光輝釋出。

然而，就在那時——

它撕裂蒼穹，一邊來到此處。

漆黑。
它插入雷昂與萊因哈特兩人之中，挺身承受釋出的閃光。
擴散，消失。
應該要奪去屍人性命的攻擊沒起任何作用，溶於虛空中消失了。
「……喂，這是怎麼一回事啊？」
萊因哈特口中漏出困惑。
就在此時，突然飛來的事物移動至雷昂身邊。
是聖劍・卡利特＝凱利烏斯。
收納在漆黑劍鞘裡的它，釋放出黃金色光輝。
那道光輝裹住雷昂全身……瞬間治癒致命傷。
「……是嗎？果然如此嗎？」
聖劍就在眼前，屍人領悟了一切。
卡利特＝凱利烏斯寄宿著明確的自我意識。
那是何者的意識，此時此刻雷昂有了確信。
「什麼嘛，喂。連那傢伙（聖劍）也要背叛我嗎？」

不對。

並非背叛。

這把聖劍是。

她是。

為了拯救兩個弟子(孩子)而來到這裡的。

告別了最後的**血親**。

「……妹妹(艾蜜麗亞)一定很生氣吧。」

雷昂如此搭話，聖劍雖然什麼都沒回應，雷昂卻覺得她在其中的意志似乎尷尬地笑了。

然後——

「所謂的勇氣，就是靈魂燃燒時從內側萌生之物。」

「雷昂，過去的你沒有燃料。」

「你只是向我們撒嬌的小孩子。」

「不過，現在不是了。你理解了何謂勇氣，而且得到了它。」

「你總算成為真正的繼承者了。」

「來吧，就是現在，抓住對未來的希望。」

聖劍自行將劍柄移向這邊。

觸碰到它的同時……一股暖和的思念傳向這邊。

「……我一直以為自己是孤零零的。獨自活著，獨自死去。我以為自己就是這種命運，然而……」

其中大有誤解。

這個屍人並非孤身一人。

她總是陪伴在身邊。

「妳一直，守望著我呢…………師父。」

有如回應思念般，聖劍、師父、庫蕾雅·雷多哈特傳回聲音。

「一起上吧，雷昂。為了拯救萊那跟愛莉絲，為了拯救我們的家人。」

如今，時機已至。

雷昂拔出聖劍。

——瞬間，迸射出兩種光芒。

一道是萊因哈特使出的攻擊。對聖劍之舉表現怒意後，他在虛空中創造出無數球狀熱源，將它們擊向雷昂。

相對的。

第二道閃光是聖劍刀身釋出的光輝。

它吞沒，炸飛朝這邊而來的死亡遊行。

「啊～，啊～，啊～……！真不爽吶……！你這傢伙真的是……！」

腳邊的愛莉絲已不在眼中。

萊因哈特的雙目只注視著兩人。

雷昂，以及站在他身旁的、庫蕾雅的幻影。

凝視著兩個家人。

雷昂也看著好友（萊因哈特）在天使（魔物）內側受苦的身影。

「請把力量借給我，師父……！將守護之力……！將拯救之力……！」

步伐踏出。

直線前進，沒有賣弄策略，只是將勇氣與決心藏於胸口。

帶著聖劍的勇者（雷昂·克羅斯哈特），為了拯救友人與弟子。

「傻了嗎？你這傢伙！這就像是過來送死喔！」

天使迎擊。

在那個瞬間閃光奔馳，就像要包圍雷昂似的……

全方位同時攻擊。

是無法閃避也不能防禦的攻勢，不可能有辦法活下去。

然而，雷昂是勇者。

所謂的勇者，就是絕不放棄，將不可能變成可能的存在。

「不要害怕，前進吧。你的道路由我開拓。」

聖劍靠向勇者之心。

最終。

襲來的無數閃光被聖劍釋出的光輝抹消了。

簡直像是前一刻的重現。

企圖完美地落空，天使感到憤慨。

「嘖！」

他在左右兩手中創造出鋼劍，有如要捏碎劍柄似地緊緊握住。

天使大吼。

「你！有贏過我！半次嗎！」

雙方將彼此捕捉至劍圍中，就在此時。

天使不斷發出銳利斬擊。

左邊狙擊脖子，閃避。

後手隨即發出，右手橫掃胸口，用劍擋下。

剎那間——

異能悄悄發動，從雷昂身後來襲。

這正是無聲的暗殺者，光輝光線消除一切氣息，為了偷襲而接近。

是靠自我意志所無法迴避，也防禦不了的完美騙招。

然而，聖劍卻不允許此事發生。

金色劍刃瞬間發出光輝，消除苟且的一擊。

「唔……!?」

吃驚產生些微破綻。

沒道理不趁虛而入。

「呼！」

雷昂吐出銳利呼吸，揮出聖劍。

天使來不及應對。

那隻右臂被一分為二。

「嗚啊……！」

沒有，再生。

他的能力完全沒有發揮作用。

這也是聖劍具有的能力之一。

卡利特＝凱利烏斯具備破壞與再生的性能。

破壞萬物，治癒萬物。因此聖劍斬斷的物體，只要聖劍不選擇將它治癒，就絕對不會恢復原狀。

就算天使擁有超乎常軌的再生力也一樣。

失去的右臂永遠不會回歸了。

「可，惡……！真教人厭惡！」

有如要體現激昂般，萊因哈特發出粗野的攻勢。

就算變成獨臂，其動作仍是充滿魄力，而且精準無比。

優異天性，以及還是人類時殘留下來的技巧。

它們確實地威脅著雷昂的優勢。

「人劍合一……！這就是聖劍的厲害之處吶……！」

天使狂怒，發動猙獰的猛攻。

一邊咧齒嗤笑。

「就算使用飛行道具，聖劍也會自行應對。即使看準你躲不開的時機從死角發出攻擊，那傢伙也會礙事，所以只能像這樣面對單純的近距離戰……不過吶，夥伴。」

天使帶著確信做出宣言。

「只有劍術上的勝負！你是不可能贏過我的吧！」

啊啊，是沒錯。

就算失去一隻手臂，也算不上什麼讓步。

一千二百八十八戰，就是跟他比賽過這麼多次。

全部都敗北了。

特別是劍術上的勝負，刀身甚至從來沒有擦到他的身體過。

然而，即使如此。

「你不知道吧……！四年份的，累積……！」

雷昂在這四年中，無時無刻都想著好友。

這個天使恐怕也是如此。

就算這樣好了。

鍛鍊，經驗，實績。

天使果真有累積這些事物嗎？

要填補天才與凡人之間的差距，四年的歲月實在是太短了。

即使如此。

「對我而言，綽綽有餘！」

如果對方是真正的萊因哈特，那雷昂依舊是望塵莫及。

然而，眼前的這傢伙是天使（萊因哈特），而並非師兄（萊因哈特）。

像你這種一直停滯在那時的「魔物」，我怎麼可以輸呢。

「呼！」

閃避，回禮，閃避，回禮。就這樣重複。

最初簡直完全沒有會命中的徵兆，然而……

不久後。

「唔唔………!?」

雷昂的劍刃開始擦到天使的軀體了。

「現在是，怎樣啊……！」

天使不明白，無法理解現況是因何而形成的。

其真相並不怎麼複雜。

雷昂對萊因哈特的癖好與動作，甚至是思考模式都一清二楚。

然而，這個天使並不曉得雷昂的這四年份。

這一點引發極細微的認知偏差。

「我一直在前進……！非這樣做不可……！為了，拯救你……！」

雷昂手持長劍，回想這四年的地獄。

勇者隊伍中的累贅，難看的拖油瓶，幫不上忙的解析參謀(mentor)。

直到四年前為止，屍人正是如此，只是這種存在。

然而如今卻是。

在正常與瘋狂的夾縫中不斷跨越困難，最終——

雷昂・克羅斯哈特接近了。

接近最初、也是最後一次的勝利。

「可，惡，啊啊啊啊啊啊啊啊啊啊啊啊啊！」

殘留在粗野中的些微流暢感漸漸消失。

剩下六招，用六招分勝負。雷昂保持平常心，沒下錯棋，就這樣將狀況引導至將死對方的瞬間。

剩下五招，閃開袈裟斬，使出掃堂腿。

剩下四招，對方躍向後方，掃堂腿落空。向前踏出步伐縮短間距。

剩下三招，敵方揮出長劍，故意把聖劍撞上去，造成衝擊。

剩下二招，對方出現壞習慣，要起性子用麻掉的手朝這邊回斬。

剩下一招，刀身襲面而來，用這邊的武器扣住，將它擊飛至天上。

就這樣——朝赤手空拳的天使發出將死對方的一擊，就在前一瞬間。

發生出乎意料的狀況。

「唔…………!?」

雷昂的上半身傾斜了。

「怎麼會，難道……！」

庫蕾雅寄宿在聖劍中的意志發出焦躁感。

對她來說，對天使而言，這正是晴天霹靂。

聖劍帶來的回復效果，看起來像是完美地治癒了肉體……

實際上卻並非如此。

應該說那是更本質的、刻劃在靈魂上的傷痕嗎？

屍人行使了遠超乎自身極限的力量，而這股力量刻劃進靈魂之中造成負擔，就算用聖劍也無法完全治癒，因此──

「天選之人！是我！」

天使浮現猙獰笑容，使出貫手。

一切都來不及了。

雷昂無法閃避，庫蕾雅窮於應付天使仍然不斷發出的熱源攻擊。

勝負，最惡劣的勝負結果，即將分曉。

然而──

對雷昂而言，這個發展並不是判斷錯誤。

「啊啊，果然，命運之力的不同無庸置疑嗎？」

實力平分秋色。

然而，將命運納為己用的力量，無論如何都難以顛覆。

正是因為如此。

雷昂並不認為這一戰要由自己與庫蕾雅兩人齊上。

這裡還有另一人。

還有一個可靠的同伴。

「師，父……！」

要幫助的對象，或是只能被保護的存在。

在天使眼中，她或許就是這種印象。

可是，對雷昂而言不同。

愛莉絲·坎貝爾不是孱弱的小孩。

她會守護師父（雷昂）。

這份情感會給予她等同於無限的力量，然後——

「師父！」

純白箭矢射出。

從倒地不起，受到創傷無法動彈的少女手中射出。

對庫蕾雅與天使兩者而言，這是出乎意料之外的事。

然而……對於身為她師父的雷昂來說，這個行動跟他期待的一樣。

「幹得好，愛莉絲。」

現在（愛莉絲）狙擊過去（萊因哈特）。

現在（小孩）拯救未來（家長）。

果不其然，她的箭矢沒有失誤，穿過天使的右肩。

「什!?」

刺出的貫手因手腕根部被命中而失去推進力——

命運如今就在兩人手中。

在愛莉絲與雷昂這個師弟手中。

「請斬斷鎖鍊吧，師父。」

「我要邁向未來，與妳一同。」

最終一步。

這是庫蕾雅昔日沒能得到的事物。

然而雷昂的手掌卻沒有半點停滯。

神聖長劍以金刃貫穿天使的心臟。

「咯……!」

他瞪大雙目咯血。

那兒已經沒有任何被隱藏起來的真相了。

雷昂拔出聖劍，血花朝天際飛舞。

就這樣，有如在表示分出勝負般，天使的肉體開始緩緩溶解。

「願汝安息——」

雷昂百感交集地祈禱師兄安息。

然而，就在祈禱之際。

「夥，伴。」

他口中發出孱弱聲音。

略微搖晃的肩膀讓愛莉絲表露出戒心。

「快點給予最後一擊……！」

弟子搭起弓箭睥睨敵方，雷昂則是。

「等等，愛莉絲。」

朝她伸出右掌，制止那個動作。他的視線依然投注在天使身上……但映照在紅眸中的身影卻不是墮入魔道的師兄。

「居然會……」

有如風中殘燭的生命中，雷昂發現小小的光輝。

就這樣，他遇上了。

有如美夢般的奇蹟，顯現了。

「沒有，消失嗎……！你的心還在……！」

雷昂瞪大雙眼，在他面前，萊因哈特抬起臉龐。

藍色緩緩從那對紫瞳中消失……不久後變成紅色。

跟雷昂一模一樣的眼瞳，在那兒的意志並非天使之物。

在臨終前的最後一刻。

師兄（萊因哈特）回歸了。

「萊那……！」

全身喀噠喀噠地顫抖起來。

他就在眼前，雷昂只能呆呆愣在原地。

我是在做什麼？

究竟夢到多少次？夢到向這個好友、向這個大哥謝罪的瞬間。

就算得不到原諒也無所謂，就只是想要道歉。

向捨棄他的行為道歉，向見死不救的行為道歉。

然而卻是。

「萊，那……！我、我……！」

快點啊，已經沒有時間了喔。錯過此時，永遠不會再有機會了。

心裡很清楚，雖然清楚，嘴巴卻沒有動。

自己在害怕，害怕被拒絕。

我是有多沒出息啊。

「……給你添麻煩了吶。」

師兄在對面困擾地笑了，雷昂反射性地回話。

「一切都是我招來的災禍，你不可能有錯。罪孽由我來承擔，所以——」

所以怎樣？該不會要說請原諒我吧？

自我厭惡壓下應該要說出口的話語。

萊因哈特一邊對小弟的這副模樣苦笑，一邊娓娓說道：

「我一直在心裡，看著你。不過，我無論如何都出不來，吶。所以……這個一定是神明賜予，最後一次的機會了吧。」

直到最後的最後，這個師兄仍是溫柔的男人。

明明可以對小弟留下怨言，讓自己洩憤地說。

然而他選擇的卻不是憎恨……而是愛。

「『魔物』的我，說出口的都不是真心話。我是不可能責備你的吧。」

身軀黏呼呼地溶化。面對死亡緊逼而來，萊因哈特卻沒表現出半點恐懼。

甚至還浮現溫柔笑容。

「挺起胸膛吧，你是我們的家人，是我們的驕傲。」

話語中投注著萬般思念，視線裡寄宿著沉穩情感。

察覺到師兄想要表達的一切後，雷昂他——

「對不起……！真的很，對不起……！」

他道了歉，然後。

「我再也不會丟臉了……！所以……！」

請務必。

請務必，安心，長眠吧。

「嗯、嗯，有你留下來，心中就沒有任何，不安吶。」

崩塌，漸漸崩塌。

萊因哈特的全身漸漸崩塌。

「欸，夥伴。你可不要過來這裡唷。墮入地獄的人有我就夠了。」

他最後留下的話語。

充滿了對師弟無窮無盡，無窮無盡的愛情。

「你要，變得，幸福。約定，好了喔，夥……伴……」

屍人的驕傲。

屍人的光輝。

不是以醜惡怪物之姿。

而是以偉大英雄的身分升天了。

「──願汝安息，永遠得到救贖。」

雷昂一邊獻上祈禱，一邊拾起在眼底發出光輝的「生證石」。

「即使肉體離去。」

其心靈，其魂魄也長伴吾身左右。

不論陷入何種狀況。

我都不再是孤獨的了。

「沒錯，我跟萊那都會一直守望你的。」

「所以……」

「加油囉，第三代。」

感覺像是有某物脫離了聖劍。

見證到事情的始末後，她總算也從咒縛中得到解放了吧。

又一個高貴靈魂升天了。

雷昂仰望蒼穹，一邊下定決心一邊開了口。

「請交給我吧，師父。」

她在某處笑著。

雷昂有這種感覺。

「結束了，呢。」

「不……」

愛莉絲如此感慨後，雷昂搖頭回應。

「不是結束。」

我。

我們。

「——是現在才開始。」

取回的羈絆與全新的故事

【EPILOGUE OR PROLOGUE】

Only I know the Ghoul saved the world

天使消失後，在聖都肆虐的「魔物」群被聖堂騎士團掃蕩了。

原本按照預定，第二次慘劇會記錄成雷昂一手引發的事件，然而實際上記載的事卻剛好相反。

「魔物」變成萊因哈特襲擊聖都。

第三代・「救世」勇者──雷昂・克羅斯哈特漂亮地討伐了牠。

讓事情變成這樣的人不是別人。

就是艾蜜麗亞・雷多哈特本人。

「妳果然對師父──」

「囉嗦臭小鬼。」

愛莉絲與艾蜜麗亞爭論不休，雷昂站在她們身後。

不斷凝視著眼前的慰靈碑。

他的脖子上掛著一條瀟灑的項鍊。

紅色臺座上鑲著蒼穹色寶石……它嵌入了萊因哈特的「生證石」，是將屍人決心化為形體的物品。

吾心總是與他們同在。

一邊將這股思念貫入其中，雷昂一邊如此宣言。

對刻在慰靈碑上的兩人的名字起誓。

「師父，萊那，請你們看著吧。看著我拯救這個世界的樣子。」

繼承離去之人的遺志，邁向未來。

過去三人一起發過誓的夢想。

要驅散濃霧，掃蕩「魔物」，取回人們的笑容。

這正是被留下來的屍人的使命，是他新的存在意義。

「……這次可以讓我坐上你這條船了吧？」

背後飛來的聲音聽起來有些帶刺。

雷昂試著回頭望向那邊，只見艾蜜麗亞眼睛半閉瞪著這邊，一邊丟出一句話。

「我已經受夠被當成局外人囉。」

庫蕾雅曾刻意跟艾蜜麗亞保持距離。

雷昂與萊因哈特也有樣學樣，盡量避免與艾蜜麗亞接觸。

這並不是要疏遠她，而是因為愛著她，因此不願將她捲入自己這群人的危險旅程中。然而……對當事者而言，這只是多管閒事而已吧。

「就算叫我別坐上來，我也不會聽話吶。」

「嗯、嗯，師父或許會生氣……但我需要妳，艾蜜麗亞。」

是率直的口氣讓她心情變好嗎？

艾蜜麗亞哼了一聲，嘴邊微微綻放笑意。

「……師父，也對我這樣說。」

「說什麼？」

「剛才對艾蜜麗亞小姐說過的話，一字一句，原封不動地。」

「……我需要妳，愛莉絲。」

「嗚喔！」

不知為何，她壓住胸口蹲了下來。

是某種東西發作了嗎？雖然如此心想……

「呼呵，呼呵呵呵呵呵呵呵呵。」

她看起來似乎很有精神，因此雷昂決定不要搭話。

「那麼，事情也報告完了，快點回去吧。」

「嗯、嗯，畢竟還得討論下一份工作才行吶。」

「在那之前，要不要吃飯？畢竟差不多也要中午了。」

三人並肩而行。

周遭的視線並未出現什麼改變。

那不是望向拯救聖都的英雄的眼神。

依舊充滿對駭人怪物的侮蔑，然而——

雷昂心中果然還是沒有任何想法。

並不只是對自身評價不佳這件事沒有想法。

對愛莉絲暴露在這種眼光下的事實也是如此。

「……你怎麼了呢，師父？」

「不，只是強烈地體會到……我真是一個任性的男人吶。」

愛莉絲只是歪了歪頭，是不明白師父想要表達的意思嗎？

另一方面，艾蜜麗亞則是冷哼一聲。

「事到如今才發現嗎？真是的。」

屍人那不願放手的思念，她表示肯定。

不，倒不如說。

「這個人可不會放開你唷。對吧，小姐？」

「欸？啊，啊啊，嗯。雖然搞不太懂……不過是呢！」

面對天真無邪的反應，雷昂他——

「哈，哈，哈，哈，哈。」

就愛莉絲的角度來看，她解釋為那是從師父喉嚨發出的怪聲音，然而——

艾蜜麗亞有著長年交情，因此可以理解聲音的真面目。

「好久沒聽到你的笑聲了呢。」

「……欸？剛、剛才的那個是笑聲嗎？」

「嗯、嗯，很噁心吧？」

「欸，那個………我覺得是很棒的聲音。」

「……用不著講場面話，我自己明白它很噁心。」

比起這種事——講了開場白後。

雷昂一邊凝視愛莉絲，一邊說道：

「妳真是了不起的傢伙呢，一下子就實現了兩件自己宣布的事。」

「兩件？」

「嗯、嗯，在先前的事件中，妳守護了我吧？這是其中一件事，還有……」

雷昂拿下鐵面具，露出嘴角。

那是屍人的醜陋面貌，是絕對不會有表情的面貌。

然而，雷昂卻將它——

「妳說過要讓我露出笑容，而那件事現在達成了。」

他將手指放入嘴裡，將臉頰向上一拉。

面對那張扭曲的笑臉，愛莉絲她——

「……從今而後，我也會每天讓你露出笑容的唷！師父！」

綻放出滿面笑容做出回應。

就這樣。

吞食怪物的悲劇落幕——

「救世」英雄傳開幕。

——我曾作過夢。

——是既痛苦又快樂，既難過又幸福的那種夢。

——然而，沒有不會醒的夢。

——就是因為如此。

——我。

——我。

「不論幾次我都會繼續作夢的——」

一邊凝視他們遠去的背影。

那個存在一邊在筆記本內書寫詩篇。

用人類的血液代替墨水。

「嗯，寫出了不錯的作品，這個就送你們吧。」

從筆記本中撕下一張紙，將它放在慰靈碑前方。

就這樣。

那個存在。

那個殺人魔。

——夜行殺他。

一邊凝視他被刻在慰靈碑上的名字，夜行殺一邊低喃。

「萊因哈特·克羅斯萊，你真的是一個厲害的男人呢。」

那並非諷刺，而是率直的稱讚。

那位英雄正是不世出的英傑。

畢竟……直到最後一刻，他都反抗了自己的洗腦。

「本來不可能會是這種結局的。在雷古提利亞鎮重逢，然後束手無策地結束，劇情提要是這樣寫的說。」

萊因哈特的意志拒絕自己進行操控，讓雷昂保住小命。

如果沒全力洗腦的話，一定會是。

「你會自行變成紅眼吧。」

在雷昂的解釋中，萊因哈特變成「魔物」後受到憎惡所困……但實際上並非如此。

他從一開始到最後，心中都充滿了對小弟的愛情。

尊貴情感超越了汙濁情緒。

「這種人很少見，我真的很感謝你唷，萊因哈特。託你之福，我久違地做到了有意義的觀察……至於謝禮嘛，是吶。」

夜行殺臉上浮現像是嘴巴要裂開般的笑容。

「就讓你跟小弟重逢吧。現在立刻，用最棒的形式。」

發笑，發笑，發笑。

夜行殺將視線從慰靈碑那邊移至雷昂背部。

「伏筆已經埋下，當你越過那一線時，就已經不可能擁有幸福的結局了。」

在不久後的未來，他就會跟劇情提要寫的一樣抵達那條末路吧。

再次——

這次不是比喻，而是字面上的意思。

屍人會毀掉重要事物。

「啊啊，好期待呢，真的。」

夜行殺轉過身軀，走上跟他們相反的道路。

然後，殺人魔喃喃低語。

充滿愛憐地。

就像吐露對老友的思念般。

「——你果然適合悲劇呢，我的死神（歐格斯）。」

後記

面臨新挑戰時，心裡總有一半感到雀躍，一半感到後悔。

我是下等妙人。

為了在日常生活中加入新的刺激，我選擇了一件事。

沒錯，就是自重訓練。

只注重肌肥大這一點的話，自重訓練果然還是不如重量訓練，然而……

如果再加上「超越極限的興奮感」，那評價就截然不同了。

的確，重量訓練也有增加使用重量的樂趣，但自重訓練則有著在那之上的「原本做不到的事變得做得到」的快感。

無法好好做到伏地挺身的人，在日積月累的努力下變得能做到十次、二十次，然後挑戰更高難度的種類。重複這種成長與新挑戰，我認為就是自重訓練的醍醐味。

我也完全陷入這種魅力之中，如今已經做到了自重訓練中最高難度之一的動作——俄式挺身，也就是所謂的無重力伏地挺身。這種飄浮感真的很有趣，所以我不由自主就玩過頭了。

話雖如此，什麼事都一樣，愈是鑽研就愈是會感到厭倦。

我最近在挑戰伸肘倒立接伏地挺身這個項目。

簡單地說，就是倒立伏地挺身呢。

這一招真的很難，做到倒立前我跌倒了無數次。

重重撞到手肘或膝蓋可說是家常便飯，痛到在地上打滾時雖然打從心底想「再也不試了啦，混蛋」，但痛楚消退後身體又自然而然地渴求起倒立。然後再次跌倒，痛得要命。

——本作的主角也是這種男人。

倒地，跌倒，痛得要命，即使如此仍是不選擇放棄。

如果自己也能跟這樣的他一同成長就好了，我是這樣想的。

最後是謝辭。

米白粕大人，感謝您提供美得過火的插圖。

責任編輯大人，抱歉給您添了比之前還要多的麻煩。

與本作有關的所有人士。

以及購買本作的諸位讀者，在此獻上永世不滅的感謝。

本作是新作品，所以現階段還無法斷言「下次見」，不過……

至少容我一邊祈禱會變成這樣，一邊放下手中的筆。

下等妙人

浮文字
只有我知道屍人拯救了世界：01同類相食的勇者
（原名：グールが世界を救ったことを私だけが知っている：01共喰いの勇者）

著　　者／下等妙人　繪　　者／米白粕　譯　　者／梁恩嘉
執 行 長／陳君平　美術總監／沙雲佩　國際版權／黃令歡、梁名儀
榮譽發行人／黃鎮隆　美術編輯／陳聖義　企劃宣傳／陳品萱
協　　理／洪琇菁　執行編輯／曾鈺淳　內文排版／謝青秀
總 編 輯／呂尚燁　文字校對／施亞蒨

出　　版／城邦文化事業股份有限公司 尖端出版
台北市中山區民生東路二段一四一號十樓
電話：（〇二）二五〇〇－七六〇〇
傳真：（〇二）二五〇〇－二六八三
E-mail: 7novels@mail2.spp.com.tw

發　　行／英屬蓋曼群島商家庭傳媒股份有限公司城邦分公司　尖端出版
台北市中山區民生東路二段一四一號十樓
電話：（〇二）二五〇〇－七六〇〇（代表號）
傳真：（〇二）二五〇〇－一九七九

中彰投以北經銷／楨彥有限公司（含宜花東）
電話：（〇二）八九一九－三三六九
傳真：（〇二）八九一四－五五二四

雲嘉以南／智豐圖書有限公司
（嘉義公司）電話：（〇五）二三三－三八五二
傳真：（〇五）二三三－三八六三
（高雄公司）電話：（〇七）三七三－〇〇七九
傳真：（〇七）三七三－〇〇八七

香港經銷／一代匯集
香港九龍旺角塘尾道六十四號龍駒企業大廈十樓B＆D室
電話：（八五二）二七八三－八一〇二
傳真：（八五二）二七八二－一五二九

新馬經銷／城邦（馬新）出版集團 Cite（M）Sdn. Bhd.
E-mail: cite@cite.com.my

法律顧問／王子文律師　元禾法律事務所
台北市羅斯福路三段三十七號十五樓

二〇二三年四月一版一刷

■中文版■

郵購注意事項：
1.填妥劃撥單資料：帳號：50003021戶名：英屬蓋曼群島商家庭傳媒(股)公司城邦分公司。2.通信欄內註明訂購書名與冊數。3.劃撥金額低於500元，請加附掛號郵資50元。如劃撥日起 10～14日，仍未收到書時，請洽劃撥組。劃撥專線TEL：(03)312-4212 ・ FAX：(03)322-4621。E-mail：marketing@spp.com.tw

國家圖書館出版品預行編目資料

只有我知道屍人拯救了世界：01 同類相食的勇者 / 下等妙人作；梁恩嘉譯. -- 1 版. -- 臺北市：城邦文化事業股份有限公司尖端出版：英屬蓋曼群島商家庭傳媒股份有限公司城邦分公司發行, 2023.04

面；　公分

譯自：**グールが世界を救ったことを私だけが知っている. 01, 共喰いの勇者**

ISBN 978-626-356-202-8（平裝）

861.57　　111022338